名家美文集

阿尔的太阳

肖复兴　著

作家出版社

目 录

‖ 甪直春行 ‖

一

1977 年的 5 月，叶圣陶先生有过一次难忘的故乡之行。在这一年 5 月 16 日的日记里，他这样写道："宝带桥、黄天荡、金鸡湖、吴淞江，旧时惯经之水程，仿佛记之。蟹籪渔舍，亦依然如昔。驶行不足三小时而抵甪直。"

那是一艘小汽轮，早晨八点从苏州出发。

今年的开春四月，我也是清早八点从苏州出发，也是沿旧路而行，不到一个小时就直抵甪直了。我很奇怪，那一次先生是五十五年后重返故地，五十五年了，那里居然"依然如昔"，难以想象。如今，先生所说的"惯经之水程"没有了，"蟹籪渔舍"也没有了，代之而起的是宽敞的高速公路。宝带桥和黄天荡看不到了，金鸡湖还在，沿湖高楼林立，已成了和新加坡合作开发的新园区。江南水乡，变得越来越国际大都市化，在这个季节里本应该看到的大片大片平铺天际的油菜花，被公路和楼舍切割成了一小块一小块，如同蜡染的娇小的方头巾。

先生病危在床的时候，还惦记着这里，听说通汽车了，说等病好了自己要再回用直看看呢。不知如果真的回来，看到这样大的变化，会有何等感想。

这是我第一次到用直。来苏州很多次了，往来于苏州、上海的次数也不少了，每次在高速路上看到用直的路牌，心里都会悄悄一动，忍不住想起先生。我总是把那里当作先生的家乡，尽管先生在苏州和北京都有故居，但我总是先入为主地认为那里才是他的故居。先生是吴县人，用直归吴县管辖，更何况年轻的时候，先生和夫人在用直教过书，一直都是将用直当作自己的家乡的。

照理说，先生长我两辈，位高德尊，离我遥远得很，但有时候却又觉得亲近得很，犹如街坊和蔼可亲的老爷爷。其实，只源于1963年，我读初三的时候写过一篇作文，参加了北京市少年儿童作文比赛而获奖，先生亲自为我的作文进行了逐字逐句的批改和点评。那一年的暑假，又特意请我到他家做客，给予我很多的鼓励。我便和先生成了忘年之交，一直延续到"文革"之中，一直到先生的暮年。记得那时我在北大荒插队，每次回来，先生总要请我到他家吃一顿饭，还把我当成大人一样，喝一点儿先生爱喝的黄酒。

先生去世之后，我写过一篇文章《那片绿绿的爬山虎》，记录初三那年暑假我第一次到先生家做客的情景。可以说，没有先生亲自批改的那篇作文，没有充满鼓励的那次谈话，也许我不会成为一个以笔墨为生的人。少年时候的小船，有人为你轻轻一划，日后的路会有意想不到的变化。后来，这篇文章被收入小学语文课本。无疑，强化了这样变化的意义，渲染了少年的心。

能够去甪直看看先生留在那里的踪迹和影子，便成了我一直的心愿。阴差阳错，好饭不怕晚似的，竟然一推再推，迟到了今日。密如蛛网的泽国水路，变成了通衢大道，甪直变成了一张门票五十元的旅游景点。

二

和周围同里、黎里这样的江南古镇相比，甪直没有什么区别，可以说是大同小异。一条穿镇而过的小河，河上面拱形的石桥，两岸带廊檐的老屋……如果删除掉老屋前明晃晃的商家招牌和旗幌，以及不伦不类的假花装饰的秋千，也许和原来的甪直没有什么两样，甚至和1917年先生第一次到甪直时的样子一样呢。

叶至善先生在他写的先生的传记《父亲长长的一生》中，提到先生最主要的小说《倪焕之》时，曾经写道："小说开头一章，小船在吴淞江上逆风晚航，却极像我父亲头一次到甪直的情景。"尽管《倪焕之》不是先生的自传，但那里面的人物有太多先生的影子和甪直的影子，小说里面所描写的保圣寺和老银杏树，更是实实在在甪直的景物。

1917年，先生二十二岁，年轻得如同小鸟向往新天地，更何况正是包括教育在内一切变革的时代动荡之交。先生接受了在甪直教书的同学宾若和伯祥的邀请，来到这里的第五高等小学当老师。人生的结局会有不同的方式，但年轻时候的姿态甚至走路的样子，都是极其相似的。或许，可以说这是属于青春时的一种理想和激情吧。否则，很难理解，在"文革"中，先生的孙女小沫要去北大荒，母亲舍不得，最后出面做通她的思想工作的是先生本人。先生说："年轻人就想过一种全新的生活，就让小沫自己去闯一闯，如果我年轻五十几岁，也会去报名呢。"或者，这就是当年先生甪直青春版的一种昔日重现吧。

穿过窄窄的如同笔管一样的小巷，进入古色古香的保圣寺，忽然豁然开朗，保圣寺旁边是轩豁的园林，前面是唐代诗人陆龟蒙的墓和他的斗鸭池、清风亭，后面便是当年五高小学的地盘了，女子部的教室小楼，作为阅览室的四面亭和生生农场，都还健在。特别是先生曾经多次描写过的那三株参天的千年老银杏树，依然枝叶参天。有了这些旧物，就像有了岁月的证人证言一般，逝者便不再如斯，而有了清晰的可触可摸的温度和厚度。

生生，即学生和先生的意思。原来这里是一片瓦砾堆和坟场，杂草丛生，是学生和先生共同把它建成了农场。当年这一行动，曾在甪直古镇引起轩然大波，这在先生的小说《倪焕之》中有过生动的描述。那时侯，先生注重教学的改革，注重学生的实践活动。其实，农场很小，远不如鲁迅故居里的百草园，说是农场，不过是一小块田地，现在还种着各种农作物，古镇里的隐士一般，只问耕耘不问收获似的，杂乱而随意地长着。

教室楼和四面亭的门都锁着，透过窗户可以看到前者里面的课桌、课椅，当年先生的妻子胡墨林就在这里当教员，还兼着预备班的主任；后者当年是学校的小小博物馆，展览着他们的展品，现在陈列有先生临终的面模。四面亭的前面，是后建的一排房，作为叶圣陶先生的纪念馆，陈列的实物不多，是一些图片文字的展板，介绍着先生的一生。空荡荡的，中间立有先生的一尊胸像，脖子上系着一条鲜艳的红领巾。

五高小学应该是当时中国教育改革的先驱学校了。在这个小小的学校里，先生和与他一样年轻的朋友一起，不仅建立了农场，还办了商店，盖了戏台，开了小型的博物馆，并亲自为孩子们编写课本，不用文言文，改用新的语体文教授……这一系列的变革，现在看来都很简单，在近一个世纪以前的岁月里，却要付出心血和勇气，和沉重的社会、和几乎与世隔绝几乎呆滞的古镇，是要做抗争的。看到它，我想起了春晖中学，那是叶至善先生岳父夏丏尊先生创办的学校，年头比五高要晚一些。五四时期，中国文人身体力行参与教育的变革实践，可以说是空前绝后了，和我们如今的坐而论道，指手画脚，或事不关己高高挂起的无力感的形象大相径庭。

先生在五高教书九个学期，一共四年半的时间，应该说时间不算长。但这是青春期间的四年半，青春季节的时间长短概念和日后不能用同样的数学公式来计算的。它在人的一生中的作用常常会被放大或延长。更何况，在这四年半中，先生的父亲故去，五四运动爆发，文学研究会成立，这样几桩大事发生的时候，先生都在甪直，却一样心事浩茫连天宇，便让这个青春之地不仅仅属于偏远的古镇，也染上了异样的时代光影与色彩。五四运动爆发之后的第三天晚上，先生才从上海的报纸上得知消息，他和朋友们在报刊上发表宣言，在学校前的小广场前举行了救国演讲，表示对遥远北京的支持和呼应。文学研究会成立之后，先生在甪直写下小说《这也是一个人》，投寄北京，在《新潮》杂志上发表，获得鲁迅先生的称赞。父亲去世的那一年里，先生蓄须罢发，很长都不剪，遵循当地的习俗，表达对父亲的怀念。

事后先生曾经在文章里说过："当了几年教师，只感到这一途的滋味是淡的，有时甚至是苦的；但到了甪直以后，乃恍然有悟，原来这里也有甜甜的味道。"在我看来，这其实就是青春的味道。这种味道独属于青春，更何况，这样的青春中融入了从自己家事到学校的变革，一直到时代的风云变幻，味道自然就更加异常。

难怪以后无论走到哪里，先生都会说甪直是我的第二故乡，都会在自己的履历表上填写自己是小学教师。

三

先生的墓地在四面亭和生生农场的一侧，墓道前有一座小亭，叫未厌亭，显然是后盖的，取自先生的一本文集的名字。

墓前有几级矮矮的台阶，有一围矮矮的大理石栏杆，没有雕像，也没有墓志铭之类的文字说明，长长的墓碑如一面背景墙，上面只有赵朴初先生题写的"叶圣陶先生之墓"几个大字。

这里原来是五高的男生部楼，后来变成了校办厂。自1977年5月那一次难忘的故乡之行后，先生再没有能够重返故乡。尽管那一次先生写下了这样的诗句："斗鸭池看残迹在，眠牛逐忆并肩行；再见再见沸盈耳，无限殷勤送别情。"但是，先生无法再见故乡和乡亲这一番深情厚谊了。

先生弥留之际，口中断断续续吐露出的话，是生生农场、银杏树、保圣寺、斗鸭池、清风亭……他把自己埋在了自己的青春之地。他把自己对故乡的这一番深情厚谊，深深地埋在了这里。

我走到墓前向他鞠躬，看见一旁是用直的叶圣陶小学送的花圈，鲜花还很鲜艳。清明节刚过不久。另一旁是老银杏树，正吐出新叶，绿绿的，明亮如眼，好像先生就站在旁边。

那一年，先生重回到这里的时候，手里攥着一片从树上落下的银杏叶，久久舍不得放下。

2011年4月20日角直归来

白马湖之春

出浙江上虞十里，山清水秀的白马湖扑面而来，风似乎也清爽湿润多了。正是早春二月，想起朱自清先生在《白马湖》一文中曾经说过："白马湖的春日自然最好。山是要青得要滴下来，水是满满的、软软的。小马路的两边，一株间一株地种着小桃与杨桃。小桃上各缀着几朵重瓣的红花，像夜空的疏星……"心里不住地想，此次来白马湖的时间真是选对了。

白马湖，想念它多年了。

如同任何一场大革命退潮之后一样，拔剑四顾的茫然，都会让为之献身的人们无所适从。轰轰烈烈的五四运动落潮了，迎来的失望和落败的景象，让一群有理想有追求的文人，心中充满迷惘，他们不想在城市里醉生梦死、浑浑噩噩，跑到无论离杭州还是离宁波都偏远的上虞，寻找到白马湖这样一块世外桃源，去做点他们想做的又能够做的事情，给曾经在革命大潮中急剧澎湃的心找一块绿洲。想起他们，总会不由自三地想起柔石在小说《二月》里写到的萧涧秋，那样的五四热血青年，现在的人们早就嘲笑为"愤青"了。

真是想象不出了，1922 的春天是什么样子。为什么经亨颐先生在白马湖畔一招呼，那么多的文人，现在听起来名声那样显赫的文人，一下子就抛弃了都市的奢靡与繁华，都来到荒郊野外的这里办起了这所春晖中学？当时号称"白马湖四友"，除了夏丏尊年长一点儿，1922 年是三十六岁了，朱光潜只有二十五岁，而朱自清和丰子恺只才有二十四岁。现在，真的是难以想象了。那毕竟不是短暂的观光旅游。

走出校园的后门，过了树荫蒙蒙的小石桥，终于走到了经亨颐先生和夏丏尊等诸位前辈曾经走过的白马湖畔了。二月春光乍泄，阳光格外灿烂，真的如朱自清先生所说的那样："山是要青得要滴下来，水是满满的、软软的。"一种说不出的感觉，从遥远的历史中涌出，蔓延在白马湖中，荡漾起波光潋滟的涟漪，晃着我的眼睛。

经亨颐的"长松山房"、何香凝的"蓼花居"、弘一法师的"晚晴山房"、丰子恺的"小杨柳屋"、夏丏尊的"平屋"……一一次第呈现在眼前。虽然"晚晴山房"是后来新翻建的，"蓼花居"已成废墟，但毕竟还有夏丏尊、朱自清、丰子恺的房子保持着原来的风貌。房子都是依山临湖而建，按照眼下的时尚，都是山间别墅，亲水家居，格外时髦的。但现在的房子所取的名字，能够有他们这样的雅致吗？"富贵豪庭"、"罗马花园"……那些俗气又土气得掉渣儿的名字，怎么能够和"小杨柳屋""平屋"相比呢？

名字不过只是符号，符号里却隐含着一代人心里不同的追求。小院里原来是种着菜蔬的，要为日常的生活服务，现在栽满花草，还有郁郁青青的橙树，越冬的橙子还挂在枝头，颜色鲜艳得如同小灯笼。屋子都很低矮，完全日式风格，因为无论经亨颐还是夏丏尊，都是留日归来，当年他们是春晖中学的创办者和主要响应者。走进这些小屋，地板已经没有了，砖石铺地，泥土的气息将春日弥漫的温馨漫漶着。简朴的家具，能够想象出当年生活的样子。书房都是在后面的小屋里，窗外就是青山，一窗新绿鸟相呼，清风和以读书声，最美好的记忆全在那里了。

在世风跌落、万象幻灭之际，世外桃源只不过是心里潜在理想的一种转换，散发弄扁舟，从来都是"猛志固常在"的另一种形象。上一代文人的清高与清纯，首先表现在对理想实实在在的实践上，而不是在身陷软椅里故作的姿态之中。在谈论白马湖和春晖中学的时候，现在的人们都愿意谈论他们的文化成就，夏丏尊确实在他的"平屋"里翻译了亚米契斯的《爱的教育》，朱光潜的美学处女作《无言之美》和丰子恺的漫画处女作《人散后，一钩新月天如水》，也都完成在白马湖畔。

在回顾历史时，白马湖确实成为一种象征。其实，相比较其文化成就，上一代文人在历史转折的时候走向乡间的民粹主义和平民精神，是让现在的人更加叹为观止的。道理很简单，现在谁愿意舍弃大都市而跑到这样的乡村里来呢？跑到藏北的马骅，只是一个另类。而当初却是一批真正的文化精英，他们愿意从最基础做起，而不是舌灿如莲、夸夸其谈于走马灯似的各种摆满精致座签的会议和酒宴的觥筹交错之中。

他们确实是在实实在在做事，夏丏尊建造"平屋"时的一个"平"字，就是寓有平民、平凡、平淡之意。仅朱自清一人，每天上午、下午就各有两个小时的课要上。而丰子恺一人是又要教美术又要教音乐。现在，在我们的教室里，却难得见到我们的教授一面了，我们的教授正在忙着让自己的学生帮助自己攒稿、出书、卖文、赚钱。

走进夏丏尊的"平屋",这种感觉更深。这是他用卖掉祖宅的钱在这里盖起的房子,他要把根扎在这里,他的妻子一直住在这里,一直到八十年代在这"平屋"里去世。在他的那间窄小的书房里,暗暗的屋子,低矮得有些压抑,只有窗户里透过山的绿色和风的清新呼吸,平衡了眼前的一切。想象着当年的冬夜里,松涛如吼,霜月当窗,夏先生在这里拨弄着炉灰,让屋子稍微暖和一些,自己把头上的罗宋帽拉得低低的,在一灯如豆的洋灯下艰苦工作到夜深的样子,只觉得恍如隔世。

夏先生的一个孙侄正在院子里,他已经六十多岁,在看守夏先生的"平屋"。院子里夏先生亲植的那株紫薇还在,那时,夏先生常常邀请朱自清到这株紫薇花下喝酒,把酒临风,对花吟诗,他们最大的享受就是这些了,而他们最美好的寄托也就存放在这里。

"它长得很慢。夏先生在的时候,就是这样子。"夏先生的孙侄指着紫薇对我说。

走出"平屋"小院,就是朱自清先生说的小马路,小马路前面就是白马湖。如今,小马路的两边,还是一株间一株地种着树,却不是小桃与杨柳,而是杨柳。杨柳在暖风中不住地摇曳,白马湖水在阳光下不住地闪耀。想起朱自清先生写白马湖的诗句："湖在山的趾边，山在湖的唇边。"也想起当年看到湖边系着一只空无一人的小船时他说过的话："我听见了自己的呼吸，想起了'野渡无人舟自横'的诗，真觉物我双忘了。"也许，可以这样说，前者是他们这一代人心中常常涌起的诗意，后者是他们追求的境界吧？只可惜，这两样，如今的我们都缺少了，而且不以为渐渐失去的弥足珍贵。

朱自清先生在回顾白马湖的时候，还曾经说过这样一句话："我喜欢这里没有层叠的历史所造成的单纯。"这话让人沉思。倒不仅仅是单纯已经离我们越来越远，而是层叠的历史和心头层叠的灰尘污垢，越来越厚重，让我们无法清扫干净。白马湖，便在他们的生命中，而只能在我们的想象里。

2005 年 3 月 1 日写于北京

春天温暖的水

　　还有两天就是惊蛰了，按照民间的说法，病床上的老人如果熬过惊蛰，就能够复苏。叶至善先生去世了。叶先生的女儿小沫打电话告诉我这个消息的时候，我安慰她说，老人八十八岁了，是喜丧。叶先生的父亲叶圣陶先生活到九十四岁，他们都是长寿之人。

　　话虽这么说，放下电话，心里还是充满悲伤。毕竟我和叶家三代交往四十三年，而且，得到他们一直的关怀和帮助。1963年的暑假，我还只是一个初三的学生，第一次走进东四八条那座西府海棠掩映的小院，因一篇作文获奖而得到叶圣陶先生的亲自批改之缘，去见叶圣陶先生。那天下午，是叶至善先生站在门口，和蔼地掀开竹门帘，带我走进叶圣陶先生的客厅。想想，那时，他四十五岁，高高的个子，显得很年轻。日子真的是如水一样，逝者如斯，留下的只有记忆。

"文化大革命"中，我和小沫都去了北大荒。那年的冬天，因为得罪了生产队的头头，我被发配到猪号喂猪，成天和一群"猪八戒"厮混，无所事事，一口气写了十篇散文，寄给了叶至善先生。怎么那么巧，那时，他刚刚从河南干校回家，一时没有什么事，认真地帮我修改了每一篇单薄的习作。我们便有了整整一个冬天的信件往来，他对每篇都提出了具体的意见，有的还帮我一遍遍修改，怕我看不清楚，又特意抄写一份寄给我。他在一封信里这样对我说："你的朋友之中，有没有愿意和你一样下功夫的，如果他们愿意，可以寄些文章给我看看。我一向把跟年轻作者打交道作为一种乐趣。"盼望着叶先生的来信，是那个寒冷的冬天最美好的事情了。

前年，我在《新民晚报》上发表了记述这段往事的文章《那个多雪的冬天》。叶先生看到了，夸奖我写得不错，邀请我到他家做客。我这人一直以为敬重别人，就悄悄地记在自己的心里，喜欢读别人的作品，就自己买一本他的书回家认真读，因此总怕打搅人家而懒于走动。对于叶先生，更是如此，我知道，那时他正在加紧写作回忆父亲叶圣陶的长篇回忆录，而且身体也不大好，更不好意思叨扰。

那是秋天的一个下午，我去得早了些，打扰了他的午睡。看着他从他父亲曾经睡过的床上下来走出卧室的时候，我惊讶了一下，他满脸银须飘飘，真的是一个老人了，才惭愧地想到已经好多年没有来看望他老人家了。

那天，我们是伏在他家的旧餐桌上交谈的。我说：就在这张桌子上，我和您全家一起吃了顿饭呢，是我插队回家探亲的时候，那时，叶圣陶先生爱喝一点儿酒，还特意给我倒了一杯。他说对任何人都是这样的。我又说起那年冬天他为我的习作改了一遍又抄了一遍的事情，他还是那样平静地说：好多文章，都是这样的，这样做有好处，抄一遍的时候又可以改一遍。

那天，他精神很好，聊了许多。他说他和父亲不一样，父亲一辈子写日记，他不写；父亲的写字台干净，他的桌子上总是一堆书和稿子。也说起他家的老朋友俞平伯先生，我问他：听说俞平伯先生爱吃，曾经吃遍了北京城所有的馆子。他告诉我：那倒也不是每个馆子都去，他来我家吃饭，喜欢的菜，他把盘子拿到自己面前。他说俞平伯对他说：都说《红楼梦》这梦那梦，我是红楼怕梦。

对于我和小沫插队，他去干校，我们有了分歧，他说他不反对，他认为很好，多了和劳动人民接触的机会。他告诉我在干校里放牛，负责二十多头，每天夜里要拉牛出来撒尿，借着星光，他认识了许多树木、花草和虫子，他说我对这个感兴趣。

说起了"文革"时他家西厢房被军代表占了，我问：在您父亲的回忆录中写了这段吗？他说没写，我说为什么不写呢？应该写，起码是"文革"社会的一个侧面。他摇摇头说：都写还有完？这也不典型。

他知道我写了本《音乐笔记》，他说他喜欢古典音乐，临告别的时候，他送了我一本《古诗词新唱》，这是一本非常有意思的书，他用了外国的曲调为中国一百五十首古诗词配乐的歌曲集。那些外国的曲子有勃拉姆斯、舒伯特、德沃夏克、圣桑等名家之作，也有世代久传的民歌俚曲，可谓熔中外于一炉的新颖尝试。这本书1998年出版，我问他这么好的尝试，怎么没有歌唱家唱这里的歌呢？他笑笑说：得要出场费呢。

那天，叶先生的情绪特别好，思维也特别活跃，记忆力很强，哪里像一个八十六岁的老人？而他的平和恬淡，对晚辈的鼓励与亲切，都和叶圣陶先生一样，让我如沐春风。聊了一个多小时，怕他累，我提出告辞，他一再挽留，意犹未尽。他的回忆录《父亲长长的一生》刚刚校完三校。他对我说：每天五百字，最多一天一千字的速度，整整写了二十个月，一共写了三十多万字。我看得出来，他很高兴，他说他的妻子让他等书出来多买点书送朋友，哪怕自己花钱。我知道，他的妻子已经双目失明，是小沫下岗的弟弟在照顾她，而小沫的哥哥前些年去世了，所有这一切困难，叶先生从没有向领导提出来过。那天，小沫哥哥那一对可爱的双胞胎正在院子里玩，把刚刚从树上掉下来的枣泡在水碗里。

小沫送我到大门口，悄悄地对我说：老爷子最后才开口向国管局要房，也许有人提出以后要把这院子改为叶圣陶故居。老爷子说他自己不会提，也不让别人提。我知道，这是叶家的家风，叶圣陶先生在世的时候，有人曾提出将叶圣陶先生在苏州住过的老屋辟为故居，叶圣陶先生曾经专门立下过字据，并委托苏州的作家陆文夫："做什么用场都可以，就是不要空关着，布置成故居。"这和现在有活人就搞故居展室或吃父辈名声之类，有霄壤之别，前辈清洁的精神与清白的心怀，总会让我面对每一位故去长辈的时候，涌起一种"夏日里最后一朵玫瑰"的感慨。

去年的春天，小沫打来电话，告诉我他父亲不行了，正在进行抢救。我赶往北京医院，老人躺在病床上，喉咙已被切开，人事不省，只有腿偶尔动一下。小沫告诉我，前几天就昏迷了，昏迷的时候还在断断续续地说：我喝水……喝春天的水……喝春天温暖的水。

其实，老人大年三十就住院了，住院八天之后，他的最后一部书《父亲长长的一生》的样书到了。他躺在病床上，拿着新书在看，一页看了一个多小时，孩子们劝他：别看了，太累了。他说：看来还得再看看，改改。

过去了一年，又到了春天，叶先生离开了我们。

2006 年 3 月 9 日于北京

忧郁的孙犁先生

　　一晃，孙犁先生已经去世五个月了。我一直想写写孙犁先生，却又不知从何写起，面对电脑，枯坐半天，总是一片空白。这让我非常痛苦，我才发现有的事情有的人，真的想写却突然没有词了，那感觉就像欲哭无泪一样吧？

　　我常常想起孙犁先生，想起先生和我通过的那么多的信。我很想把这些信件都整理出来，为先生也给自己留一份纪念。可是，我不忍心触动那些难忘的、只是属于我们两人的岁月。那是一段多么难忘的岁月，在我的一生中，恐怕再也找不回那样恬静而温馨的岁月了。我表达着一个晚辈对他的景仰，他是我德高望重的前辈，却是那样地平易朴素，那么大的年纪却常常关心我的生活和写作，竟然来信说："您在各地报刊发表的短文，我能读到的，都拜读了。"而且按先生的话是"逐字逐句"认真地读，然后写来长信，提出批评，给予鼓励，文学变得那样美好而纯净，远离尘嚣，我和先生仿佛与世隔绝一般，只谈读书，只谈往事。现在还会有那样的岁月和心境吗？

在孙犁先生活着的时候，我常常想去看望他，北京离天津并不远，况且在天津还有我的亲人和认识孙犁先生的朋友，我也经常去天津。但我还是一次次忍住了这个念头，我怕打扰一个喜欢安静的老人，说老实话，也怕和我想象中的样子出现偏差。心仪一位自己喜爱的作家，就老老实实地读他的作品吧。我知道我既不是他的学生，也不是他的研究者，更不是他的部下，而只是一个敬重他的作者和喜爱他的读者。本来离孙犁先生就很远，即便走近了，也不见得就能够看得清楚，还是远远地保留一份想象吧。

孙犁先生去世之后，我读过不少人写过的悼念文章，有些和我想象中的一样，有些和我想象中的不一样。我便问自己：我想象中的孙犁先生是什么样子呢？想了许久，我得出的结论是：晚年的孙犁先生是忧郁的。我不知道我的想象对不对，但那就是我的想象。没错，孙犁先生的晚年是忧郁的。

孙犁先生的忧郁，和他衰年独处有关。他文章中不止一次流露出"故园消失，朋友凋零，还乡无日，就墓在期"的感慨，他是一个情感极其细腻的人，他沉淀了岁月，洞悉了人生，所以在琐碎生活中特别珍时惜日，所以在秋水文章中格外取心析骨。

记得他读完我的《母亲》一文，知道我小时候生母去世后，父亲回老家又为我和弟弟娶回一个继母的经历，他来信说："您的童年，无论如何，不能说是幸福的，使我伤感。"然后，又驰书一封特别说："关于继母，我只听说过'后娘不好当'这句老话，以及'有了后娘就有了后爹'这句不全面的话。您的生母逝世后，你父亲就'回了一趟老家'。这完全是为了您和弟弟。到了老家经过和亲友们商议、物色，才找到一个既生过儿女，年岁又大的女人，这都是为了你们。如果是一个年轻的，还能生育的女人，那情况就很可能相反了。所以，令尊当时的心情是痛苦的。"

前一封信，让我感动，我知道孙犁晚年很少再动感情，他自己在文章里说过："我老了，记忆力差，对人对事也不愿再多用感情。"他却为我的一篇文章、为我的童年而伤感。我能够触摸到他敏感而善感的心，便也就越发明白为什么在他早期的文章中充满对那么多人细致入微的感情描摹。我有一种和他的心相通的感觉，这不是什么攀附，只是普通人之间普通情感的相通。我相信他是不愿意在他去世后被人称作大师的，他只是一个始终保持着普通人感情的作家，就像他始终喜欢布衣麻鞋、粗茶淡饭一样。

后一封信让我没有想到，因为在我写文章的时候到文章发表之后，都没有想到父亲当年那样做时内心真实的感情，而只是埋怨父亲。孙犁先生的信提醒了我，也是委婉地批评了我。真的，对于父亲，我一直都并未理解，一直都是埋怨，一直都是觉得失去母亲后自己的痛苦多于父亲。也许，只有经历过太多沧桑的孙犁先生，对于哪怕再简单的生活才会涌出深刻的感喟吧，而我毕竟涉世未深。过去常看到别人说孙犁先生善于写女人，其实，他也是那样善于理解男人。我也隐隐地感觉到晚年的孙犁和年轻时的心境已经不大一样，便总觉得有一种忧郁的云翳拂过他的眼神，善意地注视着我们，伤感地回顾着往昔。

我不大清楚孙犁先生到底是如何看待自己晚年的文章的。我只知道在和我通信中，他特别提到过他的这样两篇文章：一篇是 1989 年写的《记邹明》，一篇是 1994 年写的《读画论记》。在他晚年的著述里，这两篇文章都算比较长的了。我是觉得他自己格外看重这两篇文章的。《读画论记》，他不计利钝，不为趋避，知人论世，裁画叙心，深刻道出对文坛的悲哀。在这篇文章中，他说："没有大智大勇，很难逃出这个圈子。"这个圈子，指的就是文坛。

我想起先生在给我的信中不止一次流露出这种情绪："贪图名利于一时，这是很容易的。但遗憾终生，得不偿失，我很为一些聪明人，感到太不值。"在信里，他对文坛许多现象给予了批评，比如对那些冒充学问的所谓注水书籍的一再批评："这不能说明他有学问，是说明当前的'读者'都是'书盲'，能被这些人唬住，太可怜了。"面对这些现象，最后他只有在信中感慨地说："据我的经验，目前好像没有人听正经话，只愿意听邪门歪道，无可奈何。"我便忍不住想起他在文章中一针见血批评的话："文场芜杂，士林斑驳。干预生活，是干预政治的先声；摆脱政治，是醉心政治的烟幕。文艺便日渐商贾化、政客化、青皮化。"也是，这样的话，谁能够听得进去？谁又愿意听呢？

唯一能够给予晚年的心灵慰藉的事，就只有读书了。他在信中对我说："我读书很慢，您难以想象，但我读得很仔细，这也是年轻人难以想象的。"在另一封信中，他又这样对我说："读书烦了，就读字帖；字帖厌了，就看画册。这是中国文人的消闲传统，奔波一生，晚年得静，能有此享受，可云幸福。"孙犁是以这样的心境退回书斋之中的，既有中国传统文人之习，也有无可奈何之隐。孙犁先生的去世，我是感到这样一代文人和文风已经基本宣告结束了。那种忧郁的叹息和气质只存活在他的文字中了。

我知道孙犁晚年喜欢临帖书写，曾经请他为我写一幅字，他写来的第一幅录的是杜甫《寄彭州高三十五使君适虢州岑二十七参三十韵》中的诗句，诗里有"心微傍鱼鸟，肉瘦怯豺狼"和"竹斋烧药灶，花屿读书床"的句子，我不知道是不是先生的自况。他写来第二幅字是"千秋万岁名，寂寞身后事"。我是感到他的旷达和超脱之外一丝忧郁。他出的最后一本书，取的书名竟是《曲终集》，我隐隐感到不大吉利，曾经写信问过他，先生回信却没有回答，也许是觉得我岁数还小不大懂得吧。

《记邹明》，有他自己人生的感慨，那是一则邹明记，也是一篇哀己赋。在那篇文章中，他说："是哀邹明，也是哀我自己。我们的一生，这样短暂，却充满了风雨、冰雹、雷电，经历了哀伤、凄楚、挣扎，看到了那么多的卑鄙、无耻和丑恶。这是一场无可奈何的人生大梦，它的觉醒，常常在瞑目临终之时。"我不知道别人是如何看这篇文章的，我是感到了一种往昔的梦魇与现实的无奈，交织成一片深刻的忧郁，笼罩在晚年孙犁先生的心头，拂拭不去。

孙犁先生一生不谙世故宦情，以他的资历和成就，他完全可以像有些人爬上去的，但他只是如自己所说的："我的上面有：科长、编辑部正副主任，正副总编、正副社长。这还只是在报社，如连上市里，则又有宣传部的处长、部长，文教书记等等。这就像过去北京厂甸卖的大串山里红，即使你也算是这串上的一个吧，也是最下面，最小最干瘪的那一个了。"

在一次孙犁先生《耕堂劫后十种》书籍出版座谈会上，我曾经讲过这样的话。我很想把这段话作为这篇迟到的悼念文字的结尾——

孙犁先生是中国真正的、有点老派的古典文人。知识分子是干什么的？就是干与知识相关的事情，孙犁先生的一生就是这样干的。

面对这样一个人，我们很惭愧。因为我们很多知识分子干的不是知识分子的事情，或为官，或为商，或争名于朝，或争利于市，这是孙犁先生的作品中不断批判的。而孙犁先生的一生，干的是知识分子的事情，他不为官，也不为商，不是他没有为官的途径和条件。孙犁先生是一个真正的文人。

回眸孙犁先生二十年，实际不止二十年，五十年或者更长，把他的五十年、六十年，一生的作品都展示出来，孙犁先生可以面不改色，不用脸红，每篇文章包括每封信件都可以和读者见面。现在有多少作家可以把自己所有的作品，更不要说每一封信件，摊出来和读者见面呢？包括所谓的大家。正如孙犁先生在《曲终集》中所说：人生舞台，曲不终，而人已不见；或曲已终，而仍见人。

孙犁先生五十年的作品，不仅一直保持着这种创作的势头，而且保持着真正文人的这种态度。所以我说孙犁先生是真正的文人，做的是真正文人的事情，愿意称自己为文人的人，都应该有发自内心的深省。

2002 年 12 月 11 日于北京

铁木为什么只有前传

——孙犁先生逝世十年纪念

　　对于二十世纪五十年代的中国文学而言，孙犁先生的《铁木前传》无疑是一朵奇葩。那个时代普遍意识形态的观念超乎美学追求的文学，特别是同类以农村合作化为主题的文学作品，《铁木前传》凸显的异质性，使其成为凤毛麟角。有一个问题一直困惑着人们：为什么只有前传而没有后传呢？

　　孙犁先生在世时，回答这个问题时说，在写作《铁木前传》第十九章时跌了一跤，然后大病了二三年，便匆匆写了最后二十章草草收兵而无以为继。事情恐怕不那么简单。在孙犁先生逝世十周年的日子里，重读《铁木前传》，试图从文本出发，寻觅这一秘密的蛛丝马迹。

读这部小说，如同剥笋，最外面一层是农村合作化；中间一层是时代巨大变迁中友情和爱情的失落；最内一层是人际关系的变化和人性的触及。显然，最外面一层只是包饺子的皮，馅都在里面。最有意思的是，小说后面，主人公铁木二匠尤其是铁匠已从主角的位置退下后，而将后出场的满儿成为主角。满儿也成为整部小说最出彩的人物。这种小说重心的位移，是孙犁先生有意还是无意为之，或是原来计划尚有后传而有新的情节铺设？我以为这是解读小说并揭示小说为何只有前传的关键。

尽管小说中不止一次用了"放荡"一词说满儿，也有"胸部时时磨贴在干部脸上"和六儿逮住鸽子让鸽子亲嘴、配对的轻佻细节，但在具体的描摹中，可以看出对满儿是充满同情的。孙犁先生为满儿设置的前史：一是孤儿，二是寄生的家庭包娼涉赌，母亲和姐姐都不检点，三是婚姻包办。也就是说，满儿身上既有毛病，心里也有苦闷，并非单一平面化。所以才有了这样的描写："她脸上的表情是纯洁的，眼睛是天真的，在她的身上看不到一点邪恶。"也才有了平常不爱开会，而宣传婚姻法的学习却主动参加的描写。乃至有了和姐姐吵架之后独自跑到村西的大沙岗，看到一株小桃树被风沙压倒在地，她刨土把树扶正，然后掩面啼哭，那种顾影自怜明显带有象征意味的场景。

最精彩的是小说第十七章，满儿与干部参加学习会，成为小说的华彩乐章。从开始的明显不高兴，到磨磨蹭蹭做饭，趁机逃跑不成，到转被动为主动，一路上作弄干部，一直到了庙中的高潮，写得一唱三叠，摇曳生姿。在庙中，是满儿咏叹调的独唱。她唱了两段发自内心深处的自白，一是庙会期间的夜间，青年男女像鸟儿一样自由自在从麦地里飞进飞出；一是抗战时游击队在庙的大殿里狙击敌人，尼姑送子弹，后来她们都还了俗，有一个最漂亮的尼姑嫁给了副村长的儿子。然后，她感叹道："那么热闹的时候，我没有赶上。"两段唱段的主题一致，即恋爱自由和婚姻美满。以致最后她说到有一个尼姑恋爱不自由吊死在庙里的时候，"脸色苍白，眼睛向上翻着，说着听不明白的话，眼睛流出泪来"。她几乎扑倒在干部的怀里，大声地喊叫："我看见了她！我看见了她！"如此，将唱段在最 high 处收尾，麦地里的青年男女——庙里送子弹的尼姑——吊死的尼姑，呈递进关系，其内心的痛楚，便不是"放荡"一词可以囊括的了。

在满儿身上，明显集中了孙犁先生的"同情"之心。实际上，孙犁先生十六岁发表的第一篇小说（写一家盲人的不幸），便寄予了同情，他谈及此事时说过："我的作品，从同情和怜悯开始，这是值得自己纪念的。"在谈到《铁木前传》的写作时，孙犁先生特别谈到了真诚，认为这是现实主义的特点之一，同时，他还特意强调"真正的现实主义"。他提及"同情"和"真诚"这两点很重要。孙犁先生最初接触现实主义文学，是读了叶圣陶先生的小说集《隔膜》之后。叶圣陶先生在当时的主张恰恰是"同情"和"真诚"，1921年出版的《文艺谈》一书中，他认为这两点"是作家应该培养起来的品质"。根据这一原则，他分为"诚的文学"和"不诚的文学"，指出要做"真的文艺"。叶圣陶坚持的这种现实主义的创作伦理，也是孙犁先生一以贯之的。因此，我们才会发现为何在当时有关农村合作化的写作中，唯独孙犁先生的笔下没有那样意念在先、吞吐时代风云的人物，而将同情的笔墨倾注于满儿这样的边缘人物上。"同情"和"真诚"这两点朴素的创作底线，便也成了孙犁先生美学追求的防线，他不愿意将简单的配合宣传的功利主义，凌驾于自己的美学追求。他明确地表示过："那种所谓紧跟政治，赶浪头的写法，是写不出好作品的。"

正是因为满儿的出现，加剧了孙犁先生当时文学创作的困惑与犹豫之情。因为小说中的主人公铁木二匠尤其是倾注更多笔墨的木匠，同满儿一样也不是吞吐时代风云的主人公。也就是说，同样不是属于描写合作化的新人物。木匠梦想打造一挂自己的堂皇的马车的现实和必将遭遇的风波，让木匠成了老舍

《骆驼祥子》里的祥子和柳青《创业史》里梁三老汉的集合体。那么，满儿这一形象则是五四文学娜拉和延安时期文学改造二流子的矛盾体。这样人物的性格与人性发展，本身潜在的矛盾，在农村剧烈变革期中的纠葛，便会显得越发难以处理。因为这是在当时文学人物谱系中没有的，便会在当时讲究革命现实主义的文学语境中难以伸展，甚至遭受厄运。因为在以往形成定式的经典模式的叙述和描写中，满儿以青春和人性质疑并还原生活的内在矛盾，其人物塑造的修辞方式，将面临挑战。既然无力补天，又无意追风逐浪，不能去做和当时李准的《不能走那条路》中一样的观念性的直白呼喊，那么，索性戛然而止，也是写作一种姿态的选择。

同时，孙犁先生也无法做到如柳青一样，因为《创业史》中的主人公梁生宝是一位没有前史（因是孤儿）的横空出世的英雄人物。无论满儿还是铁木二匠，都是有着丰富前史的人，都有一个从旧农民蜕变为新农民的问题。无论铁木二匠的友情，还是满儿和九儿的爱情与婚姻，那种委婉有致的失落、怅惘与追求，都不是如梁生宝一样可以甫一出现即可瞬间缔造完成的，而是要从前史到前传，再到后传，有一段漫长的时间延续的磨砺，才能彻底舒展开来的。这种时间性带给小说人物并带给孙犁先生自己的焦虑与担忧，在 1956 年写作《铁木前传》

之后的时间点上凝聚并加剧，让他觉得仅凭"同情"和"真诚"于事无补。而让他违心地巧置新人（小说中的四儿和后面的九儿都不如满儿精彩），或者强化和改建主题意义的框架，为其后传化险为夷，他显然又不愿意。

孙犁先生曾说："我的胆子不是那么大。我写文章是兢兢业业的，怕犯错误。"这是实在的话。同时，他又强调作家的"赤子之心"，他说："把这种心丢了，就是妄人，说谎的人。"我以为，这两段话可以作为孙犁先生不愿意和不可能为《铁木前传》作续的心理注脚。孙犁先生还说过："过去强调运动，既然是运动，就难免有主观，有夸张，有虚假。作者如果没有客观冷静的头脑，不做实际观察的努力，是很难写得真实的，因此也就更谈不上什么艺术。"这段话可以作为创作思想的注脚。铁木只有前传，便是再自然不过的事情了。因为，《铁木前传》发表之后，反右等斗争接踵而至，对于孙犁先生，便只有一再感喟《铁木前传》是让自己"几乎丧生"的"不祥之物"的份儿了。

《铁木前传》中还有一个特别现象，便是在这部第三人称的小说中，只有前两章中出现了第二人称的插语。然后，便是最后第二十章第二人称的匆匆结语。那么，这个已经在前两章中连续出现的第二人称，为什么会在中间十七个漫长的章节中消失？是无意的消失，还是有意的延宕，为了以后的灵光再现？这个现象或许有助于解读《铁木前传》为什么只有前传之谜。

第一章，出现在孩子们看铁匠打铁之后："如果不是父母亲来叫，孩子们会一直在这里观赏的，他们不知道，到底要看出什么道理来。是看到把一只门吊儿打好吗？是看到把一个套环接上吗？童年啊，在默默注视里，你们想念的，究竟是一种什么境界？"

第二章，出现在六儿和九儿玩失一只田鼠躲在碾房里，六儿睡着后："童年的种种回忆，将长久占据人们的心，就当你一旦居住在摩天大楼里，在这碾房里一个下午的景象，还是会时常涌现你沉思的眼前吧？"

这两段，都是以童年为视角的回忆。谈到《铁木前传》这部小说，孙犁先生首先强调自己"童年的回忆"的作用。"童年的回忆"便至关重要，它不仅使得这部小说在当时时代主题以个人叙事的修辞策略变体来进行，而且，童年回忆将作用于当时现实的生活、个人情感的变化与失落以及童年时光的流逝，这使得小说有了因流动的时间感而带来沉浮的命运感，而不仅仅是合作化的时代感。

那么，问题是谁在回忆？回忆的意义是什么？显然，不是铁木二匠的回忆，因为回忆中有对铁木二匠诉说的影子。也不是作者的回忆，虽然前面出现了一次"我"突兀地介入。最有资格和能力回忆的，是九儿。因为最美好的童年，是她哀伤的失去。如果这样的推断可以成立，那么小说后面的主角应该是九儿。但是，主角的位置无可奈何偏移到了满儿的身上，回忆的视角便中断了。而如何处理满儿在跟随六儿赶着大车外出后的跌宕命运，又如何处理九儿和父亲和四儿一起入社后的新生活，显然，孙犁先生有些犹豫，甚至莫衷一是。特别是前者，如果处理成和《创业史》里郭世富、郭振山一样发财致富而对入社彷徨甚至抵触的话，便流俗而图解，鲜活的满儿这个人物走向，更难以为继。

因此，第二人称在后面十七章的中断，便不是偶然的，同样可以看出孙犁先生在《铁木前传》越往后的写作中，越显得困难和困惑。最后一章，勉强拾起第二人称，并不是为了和前两章呼应，而显得勉为其难，说得有些大。前传到此戛然而止，便也是命中注定。这是孙犁先生的宿命，也是中国当代文学史中的宿命。

记得孙犁先生逝世时，我曾经说对先生最好的纪念方式，莫过于老老实实认真读他的书。

谨以此文，纪念孙犁先生逝世十周年。

2012 年 7 月 3 日写于新泽西

想念王火先生

　　在成都，老作家中有百岁老人马识途在，一览众山小，其他的老作家显得都像小弟弟，很容易被遮蔽。其实，在成都还有一位老作家，今年九十一岁高龄，是王火先生。

　　王火再次出现在人们的视野，是他的新书《九十回眸——中国现当代史上那些人和事》出版，恰逢今年反法西斯战争胜利七十周年。当年，刚刚从复旦大学新闻系毕业，二十一岁的王火，凭着他的年轻的一腔热血和良知，采写了南京大屠杀和审判日本战犯和汉奸的新闻报道。

　　1947 年，他在上海《大公报》发表了《被侮辱与被损害的——记南京大屠杀中的三个幸存者》。这三个幸存者：一个是南京保卫战的担架队队长国军上尉梁廷芳，一个是十几岁的小孩子陈福宝，一个是被日本兵强奸并残酷毁容的姑娘李秀英。可以说，王火是第一位报道南京大屠杀的中国记者。

　　1947 年，我刚出生。

　　1997 年，我第一次见到王火。他已经七十三岁。但我一点儿看不出来他有这样大的年纪。他身材瘦削，身着一身干练的西装，更显俊朗挺拔。一看就是一介书生，温文尔雅，曾经血雨腥风的岁月，似乎没有在他的身上留下一丝痕迹。那时，我们一起去欧洲访问，他是我们中国作家代表团的团长。他的三卷长篇小说《战争与人》刚刚获得茅盾文学奖，但是，看不出一丝春风得意的痕迹。他是一位极谦和平易的长者。

　　那一次，我们一起访问了捷克、塞尔维亚和黑山共和国，以及奥地利。我和他一直同居一室。他步履敏健，谈吐优雅，颇具朝气。最有意思的是在塞尔维亚，常有诗歌朗诵会，最隆重的一次是在贝尔格莱德的共和广场，四围是成百上千的群众，来自二十五个国家的作家都要派一个人登台朗诵。王火居然派我赶鸭子上架。我根本不写诗，儿子正读高二，爱写诗，只好临时朗诵了儿子的一首小诗。下台后，他夸奖我朗诵得不错，我觉得只是鼓励，他比画着手势，又说：真的，刚才一位日本诗人夸你朗诵得韵律起伏呢。

在捷克，我向他提出希望能够到音乐家德沃夏克的故居看看，但行程没有安排。他知道我喜欢音乐，便向捷克作协主席安东尼先生提出，希望满足我的这个愿望，年过七旬的安东尼先生亲自开车，带我们到布拉格外三十公里的尼拉霍柴维斯村。那里是德沃夏克的故居，房前是伏尔塔瓦河，房后是绵延的波西米亚森林，是我见到的捷克最漂亮的地方。

在布拉格，王火先生向我们提议，一定要去看看丹娜，为她扫扫墓。那时候，我学识浅陋，不知道丹娜。他告诉我，和鲁迅有过交往并得到鲁迅赞扬过的普什科是捷克的第一代汉学家，丹娜是捷克第二代汉学家，对中国非常有感情，编写了捷克第一部《捷华大词典》，翻译过艾青等作家的作品。可惜，1976 年车祸丧生。这二十多年以来，一直没有中国作家看望过她，咱们是这二十多年来捷克的第一个作家代表团，应该去为她扫扫墓。那一天，布拉格秋雨霏霏，我们跟着他，倒了几次地铁，来到布拉格郊外很偏僻的奥尔格桑公墓，找到被茂密林木和荒草掩盖的丹娜的墓地。我看见雨滴顺着王火的脸庞和风衣滴落，还有他的泪滴。我发现他是极其重情重义的人，即便是素不相识的丹娜，也寄托着一份真挚的情感。

　　印象最深的是在维也纳。到达时已是夜幕垂落，车子特意在百泉宫绕了一个弯，让我们看看那里美丽的夜景，然后驶向前面的一条小街。堵车像北京一样，车子不得不停了下来，我们只好隔着车窗看夜景。王火一眼看见车前一家商店闪亮的橱窗，情不自禁地叫道：我女儿也来过这里！这让我有些吃惊，吃惊于平常一向矜持的他竟然叫出了声；也吃惊于我们都是第一次来维也纳，他怎么就这么肯定这里一定是女儿来过的地方？他肯定地对我说：我女儿去年来过维也纳，就是在这个橱窗前照过一张照片，寄给我过！我知道，他的小女儿在英国。橱窗明亮的灯光，在他的眼镜镜片上辉映，那一刻，一个父亲对女儿无限的情思，毫不遮掩地宣泄在他的眸子里。

　　维也纳那一夜的情景，已经过去了十八年，依然恍若眼前。真的，做一个好作家，做一个好父亲，做一个好朋友，还有，做一个好丈夫，也许都不难，但能将四者兼而合一，都能像王火做得那样好，并不容易。

　　一晃，十八年过去了。除了在北京开会我见过王火（他还专门请我吃西餐），一直没有再见过他。这中间，我们偶尔通信，彼此问候，更多的是他读到我写的一点儿东西之后对我的鼓励。

　　这期间，我听成都的朋友对我讲起，他为救一个孩子而跳进水中，使得自己的一只眼睛失明。这样舍己救人的事情，他从来没有对我透露过一丝一毫，他实在是一位心胸坦荡而干净的人。我想起张承志曾经写过的一篇文章，题目叫作《清洁的精神》。他应该就属于这样难得具有清洁精神的人吧?!

他的夫人凌起凤去世，对他的打击是最大的。他对我说过，他的夫人是民国元老凌铁庵之女，正经的名门闺秀，他们的爱情在他的新书《九十回眸》中有专门的描述，可谓乱世传奇。当年，夫人在香港，为和他结婚伴装自杀，算得是蹈海而归。日后的日子，跟着他颠沛流离，对他支持很大，他称她是自己的"大后方"。在他的信中，在他的文章中，我都能体味到他对相濡以沫的夫人的那一份深情。说实在的，无论隔空读他的信，还是和他直面接触，都没有感觉他的年纪会这样大。读他的信，信笺上字体非常流畅潇洒；和他交谈，更觉得他思维敏捷而年轻。没有想到，他居然一下子九十一岁了!

去年年初，曾经寄给他两本我新出版的小书，其中一本《蓉城十八拍》，是专门写成都的。在成都时赶写这本书马上去美国，行色匆匆，心想下次吧，便没去看望他。他收到书后给我写了一封信，责备我道："惠赠的两本书里，出我意外的是《蓉城十八拍》。看来您是到过成都的，在 2012 年。您怎么没来看看我或打个电话给我呢? 我可能无法陪您游玩，但聚一聚，谈一谈，总是高兴的。您说是不?"

在同一封信中，他这样说："匆匆写上此信，表示一点儿想念。我身体不太好，但比起同龄人似乎还好一些。如今，看看书报，时日倒也好消磨，但人生这个历程，在我已经是快达到目的地不远了。"读到这里的时候，忍不住想起暮年孙犁先生抄录暮年老杜诗中的一联：雕虫蒙记忆，烹鲤问沉绵。文人老时的心情是相似的：记忆自己的文字，想念远方的老友。我的心里非常难受，更加愧疚去成都未能看望他。王火先生，请等着我，下次去成都看您。我从心底里祝您长寿，起码也要赶上您的老友马识途，超过百岁！

写完这则短文，眼前总是浮现王火的身影，心里久久静不下来，接着写了一首小诗，遥寄王火先生，以释远念：

> 九十回眸雨后晴，当年挥笔在南京。
> 白头痛说忠和义，碧血惊书战与争。
> 老树已随双凤舞，大山犹见一江横。
> 蓉城春色来天地，依旧文章火样情。

这里说的"双凤"，指的是他的两个女儿。如今，他都已经有了外孙子和外孙媳妇了。祝福他的全家！

2015 年 5 月 6 日立夏日写于北京

致达成

——致罗达成的一封信

达成兄：

　　你好，将过去的事情回忆一下，陆续写了几天，发给你看看，不知能不能对你有些帮助。

　　印象中我们之间的第一次信件来往，是我写的一篇关于姜昆的稿子，你打电话说要给我寄校样，我告诉你我正要跑到青海我弟弟那里。那是 1981 年的夏天，我在中央戏剧学院还没有毕业，最后一年实习，我选择去青海。我人还没有到青海，你已经将校样寄到我弟弟那里。我弟弟到柳园火车站接我的时候，带来了你寄来的校样。我没有想到你那么快，那么负责。因为在此之前，并没有哪家报刊非要寄校样给作者看的。

从青海回来，你打电话问我青海有什么可写的东西，我写了那篇《柴达木传说》。这篇写右派命运的报告文学给我带来很大的影响。为了写这篇报告文学，你曾经多次打电话给我。你对我给予了很多的鼓励，希望我赶紧写出来，但是，这篇东西一直拖到一年多后的 1983 年 5 月份才写出来。我自己想沉淀一下，希望写得好一些。你既希望我尽快写出，又耐心地等我，给予我极大的信任。那时，我还没有见过这样的一位编辑会这样对待一个作者，心里很感动。

这一年中间，也就是 1982 年的春天，我在家里洗衣服的时候听广播，听到天津一家副食店的女会计一家紧张住房的故事，很打动我，和你通电话的时候，说起这事，你鼓励我去写，我立刻去了天津，找到这位女会计。在天津河北区图书馆用了整整一天的时间，写完了《海河边的一间小屋》，寄给你了。你说写得不错，希望找这位女会计的照片，我又到天津找照片给你寄去。没有想到，这篇报告文学获得了全国第二届报告文学奖。你得知获奖消息，想尽快地通知我，我正在南京参加《青春》杂志搞的一个笔会，住在南京郊区部队里改稿。由于是部队，电话不好打，你从北京打到南京，不知用什么法子找到了我，高兴地告诉我获奖的消息。电话里隐隐约约还能听到梅朵祝贺的声音，让我心里非常感动。

那时候，我家里没有电话，公共电话离我家有一段距离，你要等好长时间，每一次我跑到那里接电话的时候，总听见你第一句话是："肖复兴呀，我打电话找你可是好多次了，你的稿子写得怎么样了？……"亲刃，又有催促的压力。

忘记当时听谁告诉我，第一届报告文学评奖的时候，初选篇目有我在《雨花》发的《剑之歌》，是写当时击剑运动员栾菊杰的教练文国刚的命运。有评委说写得不错，但文字有的地方有毛病，便未被评上。第二届，终于被评上，我想因素一定很多。当时，我在文坛之外，并不了解，也并不关心。但我想这篇东西发表在你们《文汇月刊》很重要，如果是发在其他刊物上，可能是另一种命运了。我想，这就是你们《文汇月刊》的地位和影响了。

大概是1984年的春天，我要去浙江大陈岛采访一批自1950年就在那里开发建设的老知青，顺便带着老婆、孩子到上海、杭州玩。我毫不客气地请你帮我订好在上海住的房间和他们娘俩返回北京的火车票，以及我去大陈岛的轮船票。你一一帮我办好，记得是住在上海文艺出版社的招待所。你到火车站接的我们。那是我们第一次见面，在此之前，我们只是通了三年的信或电话而已。但一点儿都不生疏，觉得很亲切，很亲近，仿佛早就相识。那一次，是你带着我到丽宏那间没有窗户的小屋。我们三人的长达三十年的友谊就是这样开始的。那时，我们真的还年轻。

那一次，也是我第一次见到梅朵，他和你一起请我们一家在锦江饭店吃的西餐。后来，你还带我们一起到红房子吃过一次西餐。在你们报社那老式的电梯间里，你带我到你们的编辑部，也见到了关鸿。记得那时候小铁见到这老式的电梯觉得好玩，总想多坐几次，都是你怕他单独一人不安全，拉着他的手来回坐了好几次。你对孩子的爱心和耐心，给我留下很深的印象。小铁的童年对你和丽宏的印象最深，在他七岁多的那一年，他说他做梦梦见你在叫他的名字。那是一种多么温馨的感觉。

在去大陈岛的前夕，由于当时工作调动问题，我接到北京的电报要立即回北京，大陈岛去不成了，你没有埋怨我，帮我退了船票，又买了飞机票，返回北京。那一次的上海之行，留给我难忘的印象。

1985年，我在上海文艺出版社出我的第二本报告文学集《生当作人杰》，梅朵写的序。你看过之后，对我开玩笑说：老梅还是对祖芬的感情更深，他给你的序，比他给祖芬写的差多了。记得当时梅朵也在场，他只是笑，没说什么。我当时对他说：您不能这样厚此薄彼呀。他说：下次你再出书的时候，我再写，一定写得好一些。他也真是一个可爱的老头。

1985年的夏天，我再次去青海采访。你帮我办了一个《文汇报》的特约记者证，说是可以帮助我采访，来回乘车如果买不到票，也可以派上用场。同时，你说这次去青海采访的车费和住宿费，你们来报销。记得那一次，我到兰州的时候已经是半夜，先被安排住进兰州宾馆，一看那么高级，房费那么贵，就没有住，在旁边找了一个招待所住下。回来后，你埋怨我：能有多贵呀？你就住一夜，怕什么?！其实，也是关心我。

那一次回来，我写了《柴达木作证》和《啊，老三届》这两篇东西，对于我很重要，我希望写得好些。你开始了一贯的轮番轰炸般的电话加电报的催促和督战，让我不敢怠慢。记得接到你收到《柴达木作证》后的第二天就给我发来的一封电报，告诉我下期发，竟然如此地迅速。十天左右以后，你寄来了《柴达木作证》的校样，你催我改后立即寄回，我连夜改了一宿，第二天就病倒了。记得写完《柴达木传说》后，我也病了一场。那时候的报告文学，我们真的都是倾注了感情的。

这中间，还有你对我弟弟肖复华的帮助和支持，他当时在青海石油局的生产调度室当调度，学着我也写了几篇报告文学，先后都经你的手在《文汇月刊》上发表了，特别是《当金山的母亲》，让他获得首届青海省政府文学奖。他调到报社和文联，树立了写作的信心，接着写了一些关于柴达木的报告文学，都是和你的鼓励和扶植分不开的，同时也说明当时《文汇月刊》的影响力之大，几篇作品可以改变一个作者命运的走向。

这一年，1986年的夏天，我们一起去庐山参加《百花洲》笔会，同行的还有丽宏、何立伟，还有《随笔》的主编黄伟经。他刚刚看完发表在《文汇月刊》上新一期的《柴达木作证》，非常激动，要我写一篇采访札记，我当时以为他只是随便说说，客气而已。第二天，我们去看电影《庐山恋》，路上他又对我说起写采访札记的事情，你和丽宏都对我说你应该写写。你觉得应该让更多人读到这篇作品，了解报告文学。

这是我们唯一一次共同的出游。其实，还有很多次机会的，但是，当时你的工作很忙，杂志离不开身，你又太投入，便都没有和我们一起参加活动，失去了很多的机会。1987年12月广州全运会的时候，我意外地碰见了你，难得你能又出来一次散散心。你悄悄地对我说第一次享受做按摩的情景。你那时好奇又得意的样子，简直像个孩子。

这中间几年，我只能在到上海的时候，或者你来北京的时候，和你见面。在北京，都是你来工作，住在你们《文汇报》驻京记者站，每一次都是来去匆匆，每一次都是你请我吃饭。印象深的一次，我去那里找你，正好碰上蒋大为，你在参访他。那时候，我刚在你们《文汇月刊》上发表了写宋世雄的报告文学，宋世雄由此分到了前三门的一套三居室的房子，解决了他的大困难。我对你发牢骚：我们写他们帮助他们解决了实际困难，我们自己的困难却没有人帮我们。你对我说，大概意思是，谁让我是报告文学的作者呢，这就是我们的命。如果是为了我们自己，也就不写报告文学了。还有一次，是詹少娟请你吃饭，你拉上了我。我们一起交谈最开始相识的情景和彼此的一些感情故事，那时候，作者之间，作者和编者之间，友谊真的十分美好。记得那是 1988 年年底前后的事情了，那样的情景，只在回忆之中了。

1987 年，那一年，我四十岁。你打电话要我的照片，说是要登在你们《文汇月刊》的封面上，同时配发我写的《啊，老三届》。这是你的美意，对我的鼓励，无形中扩大了《啊，老三届》的影响。王小鹰就是看到了这一期杂志的封面，再看了这篇报告文学，然后给我写了一封信，发表在《文学报》上，对这篇报告文学给予了鼓励。同时，当时从《人民日报》文艺部调到人民日报出版社当社长的姜德明，也是看到了这一期的杂志，找到我要出《啊，老三届》的单行本。这一年的年底，安徽文艺出版社也找到我，要出《啊，老三届》的书。《啊，老三届》这篇报告文学有了这样的影响，是你的鼓励和支持的结果，自然，也是我们友谊的结晶。

我在你的手中发表的最后的文字，大概是 1990 年第一期的《母亲》了。那时候，我母亲刚刚去世不久，我对你说想写一篇关于母亲的东西，你鼓励我写，然后就是以往一贯的做法，开始打电话催我。我把稿子写好寄给你，没过几天，你就着急打电话问怎么还没有收到稿子。收到稿子后，你立刻发稿，打电话告诉我下期刊发。

《母亲》发表后，自此，我所有重要的报告文学主要都发表在你们《文汇月刊》上，以后，我也再没有写过报告文学了。很多人是从《文汇月刊》上认识我的，而且因为都是在你们的《文汇月刊》上发表的，便以为我是一名上海的作者。我真的非常感谢《文汇月刊》，感谢你！

1992 年春天，我从福州回来，路过上海，我们一起参加《少年文艺》的一个会议，我们又见过一面，而且还同住一个房间，有了一次交谈的机会。那时，《文汇月刊》早停刊了，但你依然很忙，我发现，新的工作分散了你的心情和注意力，也让你充实了一些，所以，你很少回房间来住。

1998 年的夏天，小铁高中毕业，考上大学之前，他和妈妈一起到上海玩，你还特意请他娘俩吃饭，你打电话问我想到什么地方去吃。我说孩子想去红房子。你便约上丽宏和关鸿，事先定好到红房子，由于红房子早搬了家，你找了好一通呢。他们娘俩吃得很尽兴，也很感谢你。小铁回来后还写了一篇文章《红房子》，记录留给他少年时代难忘的纪念。饭后，你给我打电话说："你交给我的任务完成了。不过，红房子的菜可真不怎么样，远不如以前了。现在上海好吃的地方多得很，干吗非要找这么个地方？"

关于我和你和《文汇月刊》的记忆，在新世纪到来之前，算告一段落。这是最重要的一个段落，从八十年代初到九十年代末，是《文汇月刊》也是文坛最重要的段落，同时也是我们人生最重要的段落。那时，我们还算是年龄合适，精力充沛，又都对报告文学充满真诚与激情、理想和向往。无论我们的行为，还是我们的作品，真的，我们都问心无愧。记得那时看到《胡风传》，我记得是梅志写的。在写了胡风跌宕的命运之后，对于文坛，作者说了这样一段话，给我留下了很深的印象，大意是："文坛的得势、失势、趋炎附势……中国文坛是个没出息的地方。"我不知道这是对以往中国文坛的总结，还是对当时中国文坛的诘问。我们都希望在潮起潮落中保持自己对于文学、对于现实的一种良知和起码的底线。

只是，这些断片可能有记忆有误的地方，而且都很琐碎，没有什么值得论说的，不知道会对你有多大的帮助。如果还有什么需要，请吩咐就是。

希望你的笔记录关于《文汇月刊》从创刊到停刊那段难忘的历史，帮助那些对历史飞快遗忘的人，也帮助那些对变化现实中的权势和资本过于钟情的人。

去年年底新编了一本书，大概今年上半年能出来。是将写柴达木的报告文学集中在一起，书名取为《柴达木作证》，其中绝大部分文字都是发表在你们《文汇月刊》上。编这本书的时候，自然想起了你。没有你的鼓励、支持和督促，就没有这些文字。这些文字中，有我们共同的感情和记忆。把这本书的后记也发你看看。

期待着你早日动笔。

复兴

2013 年 3 月 14 日写毕于北京

周信芳和梅兰芳

　　今年是周信芳诞辰一百二十周年。上海朱屺瞻艺术馆准备举办纪念周信芳的活动，其中一项便是搞一个画周先生演出过的京剧的戏画画展，邀请画家每人画三幅国画，居然邀请到我的头上。我不是画家，只是京剧的爱好者，是周先生的粉丝。他们大概看到我写过关于戏画和京剧艺术的评论文章，以及随手画的几幅不成样子的戏画，便希望我加盟，添只蛤蟆添点儿力。

　　我很有些受宠若惊，自知画的水平很浅薄，但为了表达对周先生的怀念和尊敬之情，还是画了三幅：《海瑞罢官》《打渔杀家》《乌龙院》。都是周先生曾经演出过的经典剧目，其中《海瑞罢官》，让周先生吃尽苦头，以致"文革"入狱，命丧黄泉，艺人如此命运，自古罕见，令人嘘唏。想周先生一生演出过的京剧，多达六百余部，在多少戏中，将流年暗换，把世事说破，无限的颠簸和沧桑，在戏中都曾经经历过，却不曾料到自己的命运，比戏中的海瑞以至所有悲惨的人物，都还要悲惨。

面对自己这三幅拙劣的画作，心里忽然戚然所动，画面上毕竟都是周先生曾经演出过的京剧，便恍然觉得上面似乎有周先生的身影浮动，真是感到戏戏如箭穿心，不大好受。

我对周先生没有什么研究，但清晰地记得在读中学的时候，曾经看过他主演的电影《四进士》，当时电影名字好像叫作《宋世杰》。他那嘶哑沧桑的嗓子和老迈苍劲的扮相，尤其是面容，冰霜雕刻了一般，是他留给我的印象，一直定格到现在。对比当时和他一样正在走红的梅兰芳那富态的身材和面庞，幽雅而韵律十足的步履与神情，印象便格外深刻，觉得一个是晕染浸透的水墨画，一个是线条爽朗的黑白木刻。当然，梅先生是旦角，自然要雍容娇贵些，但对比同样唱老生，而且也演出过《打渔杀家》等同样剧目的马连良先生，也没有周先生那样一脸的沧桑感。马先生当年更多的是俊朗、老到和潇洒，周先生是一个字：苦。这只是一个中学生的印象，不知道为什么当时我会生出这样的印象。

说起梅兰芳，便想起不知道是否有人曾经将周信芳和梅兰芳做过比较戏曲学方面的研究。他们不是一个行当，却是同科出身，又是同庚属马，且在当时都曾经风靡一时，影响颇大，磨亮师承和创新双面锋刃，将旦角和老生并蒂莲一般推向辉煌，形成自己独属的流派。在京剧的繁盛期和变革期，流派在京剧史上的位置与作用非比寻常。其中，麒派和梅派，各领风骚，影响一直蔓延至今。细想起来，流派的纷呈与崛起，不仅仅是以独到的唱腔和做工为标志和分野，更是以各自演出的剧目为依托的。前者，如果说是流派的外在醒目的色彩，是内在生命流淌的血液；后者，则是流派存在并矗立的筋骨。

想到这一点，我忽然觉得这样的比较学或许有点儿意思，甚至有点儿意义。

梅兰芳的经典剧目，是《贵妃醉酒》《霸王别姬》《嫦娥奔月》《黛玉葬花》《凤还巢》《洛神》，还有泰戈尔访华时看过的《天女散花》等。周信芳的经典剧目，是《四进士》《徐策跑城》《萧何月下追韩信》《鸿门宴》《打严嵩》《文天祥》《史可法》，还有置他于死地的《海瑞罢官》和《海瑞上疏》等。从剧目名字中可以看出，梅兰芳演的戏大多是文戏，虽然历史中也实有杨贵妃、楚霸王等人，但大多数戏虚构的成分多些，"天女"和"洛神"这样的浪漫派多些，抒情成分多些。周信芳的戏，人物大多是历史中真实的人物，且都是那些充满正气和大气的人物；事件是历史的重大事件，特别是在抗日战争时期，他演出的《文天祥》和《史可法》，"文革"前，他演出的海瑞戏，都有着拔出萝卜带出泥的湿漉漉的浓郁现实感，多是发正义之声，鸣不平之声，有着明确的靶向性，有着厚重的历史感，关乎着民族的志向，现实主义的成分多些，言说的成分多些。

从表演的样态来看，梅兰芳和周信芳各自走的路数也不大一样。梅兰芳身边簇拥着一批文人帮助他写戏，使得他的戏更注重戏剧本身的内化，亦即一口井深掘，戏内人物的情感挖掘多些，讲究精致和细腻。如《贵妃醉酒》和《霸王别姬》瞬间化简为繁，滴水石穿，渲染敷衍为艺术；在《天女散花》和《黛玉葬花》这样几乎没有什么戏剧性的地方，点石成金，演绎出精彩的戏来。因此，梅兰芳的戏更具有文人化、情感化、抒情性和歌舞性的特点，将京剧推至艺术的巅峰。

周信芳的戏，人物性格更多是在历史关键时刻出彩，人物命运是在历史跌宕中彰显。他的戏剧性，虽然也在《徐策跑城》的"跑"和"追韩信"的"追"上做文章，但一般不会浓缩在瞬间，然后慢镜头一样蔓延、渗透、展开和完成，而是如长镜头，在时间的流淌中，如竹节一节节地增高、长大，最后枝叶参天。无论徐策的"跑"，还是韩信的"追"，在"跑"和"追"这个过程中展现的人物的心情，都是为了最后达到参天的顶点而张扬凛然之气，而不会过多强调"跑"和"追"中的舞蹈性与抒情性。

这样的选择，使得他戏内与戏外的关系密切也紧张，戏内的戏带动戏外的延展，人物和时代胶黏，戏剧行为和现实行为流向一致，观众的艺术享受和心理感应并存。因此，周信芳的戏更多的不是来自文人手笔，而是借鉴传统剧目，以此改编，借古讽今，借助钟馗打鬼。他的戏更具有民间性和草根性、历史感与现实感，也具有史诗性。

如果将梅麒两派和西洋音乐做一个不对称也不确切的对比，在我看来，梅兰芳有点儿像肖邦或舒曼，周信芳有点儿像贝多芬和马勒。这样的对比，不是说孰优孰劣，实际上，他们的戏码也有交叉，还曾同台演出，始终惺惺相惜，是梨园的双子星座。这样的比较，只是想说在京剧的繁盛期，特别是在京剧的变革时期，梅麒二派所起到的作用，真的是各有所长，无与伦比。而且，在梅兰芳的身旁有四大名旦，虽风格各异，却相互依存，彼此烘托，引领一代风光；在周信芳的身旁，则有马连良和他走着大同小异的艺术之路，彼此呼应，相生共荣，谱就时代辉煌。事实上，这是京剧变革的两大流向、两大艺术谱系。因此，这样的对比与研究，便不止步于梅麒个案，而关乎一部京剧发展史中现当代的重要部分。

当然，周信芳的表演艺术，不能仅仅简化为沙哑的唱腔与主旨的史诗性。为了达到史诗性，为了塑造人物的真实性和生动性，他不过是将本来弱项的嗓子化腐朽为神奇，形成自己艺术的一个组成部分。如今硕果仅存的麒派掌门人陈少云先生，就曾经讲过：并非嗓音沙哑就是麒派，麒派艺术讲究"真"，戏假情真，对于节奏的处理出神入化，快慢、强弱、长短，舞台上的一动一静，细到一个眼神的运用，举手投足都充满了节奏。陈少云先生特别强调，要学习麒派艺术，首先要用心体会人物，在唱念做打这些基本功方面做扎实。

这不仅仅是经验之谈，更是知音知味之谈。比如在《宋世杰》中，宋世杰从二公差的包袱里盗得田伦信件的那一场，不过一句台词："他们倒睡了，待我行事便了。"然后就把书信盗在手中，紧接着是读信了。其中宋世杰是如何盗得信的，盗信时的心情如何，读信时的心情又如何，完全靠周信芳自己的表演，并没有道白和唱词，仅仅到了真正读信中的内容时，才有了唱段。这就是周信芳的本事了。他能够在这样细微的地方展示他的艺术，而这种艺术不仅仅是为了表演，更是为了展现人物的心情，从而塑造人物的形象。如今，我们的演员并不缺乏对前辈惟妙惟肖以及亦步亦趋的模仿，却缺少这种艺术的表现力和创造力。

这样想来，有时我会觉得对于麒派艺术，我们的总结、学习、继承和发扬显得不够充分，甚至存在明显的断层。在梅麒二派之间，如今学梅派的弟子远多于麒派的后人。而对梅兰芳的研究，则更丰富些，兴奋点更多些；对周信芳的研究则稍微欠缺些。想伶官传在旧时史部里是专设部门来做的，其价值和意义可列比王公贵族。

希望对周信芳的研究和言说，能够更多些、更新些、更深些。无疑，这是对周先生最好的纪念。

2015 年 2 月 28 日改毕于北京

戏内戏外《锁麟囊》

谨以此文纪念程砚秋先生诞辰一百一十周年

——题记

《荒山泪》《春闺梦》《锁麟囊》，都是程砚秋的拿手戏，但在我看来，《锁麟囊》最好。恐怕在程砚秋的心里，这出戏的分量也是最重的。否则，他不会垂危在病床前，上级领导来看他，他还是执着地提出希望这出戏能够解禁。这出戏自解放初期曾经演过几场，以后就被扣上了"阶级调和论"的帽子，一直再没有机会演出，这成了他的一块至死未解的心病。

如今，看不到程砚秋当年演出《锁麟囊》的影像资料。二十世纪六十年代为保留名家演出剧目，拍过一些电影，程砚秋拍的是《荒山泪》。这成了千古的遗憾。唯一能够听到的是他的演唱录音，我听的《锁麟囊》是 1946 年的录音，正是他最好的年华。现在，亡羊补牢已晚，只好用他的录音配今日演员的表演，叫作音配象，勉强燃起人们对昔日的一些残破不全的记忆和想象。

戏罢不觉人换世，如今，《锁麟囊》成为久演不衰的一出戏，《荒山泪》和《春闺梦》很少再演。世人和时间双重的淘洗，让好戏如好人一样不会被埋没而能够经久流传。这便叫作时序有心、苍天有眼、人心有秤。只可惜程砚秋已经不在。今天看这出戏，张火丁的最为火爆，只是票价上千元，有些贵，我选择的是看迟小秋。论扮相，迟不如张，迟的身材也不如张在舞台上那样袅袅婷婷。不过，迟的表演和唱功不错，她师从王吟秋先生，且正当年，演绎薛湘灵的人生沧桑和内心的浮沉，骨肉相随，不至流于表面。我也看过李世济的一折，毕竟年老了，老态龙钟，再如何演唱，都不大像薛湘灵，而像薛湘灵的姥姥。

《锁麟囊》这样一出近人写的戏，能够成为经典，不容易。之所以能够成功，除了程砚秋的唱腔和表演出色之外，更在于剧本写得好。这得归功于翁偶虹先生。首先，这个题材选得好，是一种艺术的选择，而非出于对时令的躬逢，或对权势的讨好。他将一个原来的富家女薛湘灵和一个贫寒女赵守贞，在世事沧桑和命运跌宕的变化中，位置颠倒，贫富互换，然后显示各自的心灵与人性，触摸到人性柔软美好的那一面，让人体味并向往人生值得珍存的一种中和蕴藉的东西，这东西才价值连城，让人有活下去的依靠，让人生有得以延续下去的根基。

记得美国作家奥茨在论述长篇小说创作时曾经说过，一定要把人物放在一个长一点儿的时间段里，因为有时间的变化才有命运的变化，才最能揭示人心和人性，以及性格。这是经验之谈，没有时间的跨度，便没有人性的深度。《锁麟囊》所达到的人性深度，起码在近人所编的戏中，难以匹敌。近读中国戏曲学院傅瑾教授所言：“如果说梅兰芳走的是古典化的道路，程砚秋则走的是人性化的道路。这两条道路构成了京剧旦行最为独特的方面。”他总结得很对。可以这样认为，程砚秋在上个世纪四十年代京戏变革中所展现的姿态和所取得的成绩，多少要超过四大名旦其他几位一些。其中，无疑《锁麟囊》为程砚秋立下汗马之功。

《锁麟囊》剧本写得好，还在于它写得像戏，遵循的是京戏的规律，而不是如现在我们有的新派京剧想当然地编造，天马行空地挥洒，借助声光电现代科技的舞台背景的炫目。这样的戏，只见戏的大致框架，不见细微感人的细节。看《锁麟囊》开头"春秋亭"一折，赠囊的戏写得一波三折，而不是草草地把囊送出去完事，匆匆走路一般将戏的情节只处于频频交代之中。先是送钱，后是送物，都被拒绝，最后将囊中的珍宝拿出，只送囊，权且留个纪念。层层剥笋，层次递进，最后剥离了物的存在的囊，便成了比物更珍贵的情意与人性的明喻。写得真的是细致入微，将两位人物的心理性格活脱脱地写出来。富者实在是出于真心的同情，贫者却守住贫而不贱的底线，一个囊的道具运用得淋漓尽致，并将这个道具作为命运的一种象征物和戏的一种悬念，留存在下面的戏中呼应和发展。

薛湘灵和赵守贞的劫后重逢，与"春秋亭"中第一次雨中相遇，大不相同。如此重逢，该如何去写？想起当年我考中央戏剧学院时写作题目便是《重逢》，重逢，从来都是写戏的褥节儿之处，用以衡量一个人会不会写戏。《锁麟囊》将第一次相遇和后来的重逢分别放在六雨和洪水劫后的背景中，让大雨和洪水不仅成为剧情发展必备的情节因素，更成为人性中天然命定的一种隐喻。如果不是六雨，她们不会相遇；如果不是洪水，她们不会重逢；但如果一切都不存在，也就没有了丰富复杂的人生。人生所有的困惑和哲理，有时都存在于偶然之中，命运的大手偶然挥舞的一拐弯儿，大让历史、小让个人的命运，都会发生天翻地覆的变迁。

再看"三让椅"一折，用的方法和赠囊一样，也是一波三折，表现的手法却有了变化。不再是赠囊那样从情出发的深沉，而是改用以趣为主，让人忍俊不禁，让人替薛赵二位会心会意，其创作手法的多样性令人击节。

当然，唱词的妙处，也是其中要义之一。最初听到"三让椅"后赵守贞对薛湘灵唱的那一段："耳听得风声断，雨声喧，雷声乱，乐声阑珊，人声呐喊，都道是大雨倾天。"觉得真的是好，紧促的短句，一连五个"声"，如五叠瀑一样，一路跌落而下，溅得水花四射，让水流迤逦而来，好不流畅。再听薛、赵重逢时薛的另一唱段："这也是老天爷一番教训，他教我收余恨，免娇嗔，且自新，改性情，休恋逝水，苦海余生，早悟兰因。可怜我平地里遭此贫困，我的儿呀，把麟儿误作了自己的宁馨。"依然是一连串紧促的短句，大珠小珠落玉盘，清越深沉，很是打人。前后句式的呼应，造成了衔接和对比，让戏的情节在唱腔中回环曲折，婉转流淌，实在是这出戏的妙处所在。据说，这两段叫作"垛句"的唱段，出于程砚秋的要求，他对艺术自觉的追求和灵性的感悟，为这出戏锦上添花。

这出戏的这两处唱段，在我看来最为精彩。再加上最后戏中薛湘灵飘逸灵动的水袖，构成了戏的表演的华彩乐章，让戏中的人物和情节不仅仅是叙事策略的一种书写，而成为艺术内在的因素和血肉，让内容和形式，让人物和演唱，互为表里，融为一体。这才是真正的京戏，为演员提供了充分表演的空间。在这方面，迟小秋的演出很精彩，起码一点儿不比张火丁差。

记得那次看完《锁麟囊》之后的第二天，还是到长安戏院看戏，依然是坐在楼上，依然看见北京市前副市长张百发坐在楼上第一排的中间，他是个戏迷，在长安戏院看见，常能看到他，并不奇怪。演出开始没多久，看到一个瘦小的女人摸黑走了过来，坐在他的身旁，陪他看戏，不时还交头接耳几句。细看，是卸了妆穿着便装的迟小秋。忽然发现，和在舞台上光彩照人的薛湘灵完全不一样。心想也是，戏台上的人物，和戏台下的演员，本来就不是一个人。看戏，看戏，看的是戏台上的人物。他们和现实拉开了距离，却显得比现实更真实而感人。

那时心里暗想，如果是程砚秋先生脱下戏装，从台上走下来，一直也走到眼前，会是什么样子？

2012 年 2 月 17 日于北京

想起了叶盛章

　　那天，一位八十多岁的热心老太太踩着小脚，像踩着轻松的鼓点儿，领我一直快步走到棉花胡同东口，指着路北的7号院告诉我：这就是叶盛兰的家。又对我说，后来把人家打成右派，"文化大革命"批斗人家，死得早，挺惨的。听说叶家的后人搬到龙潭湖去了。

　　院门很古朴，红漆斑驳脱落，仨门簪、门墩都还在，高台阶和房檐下的垂花木榥也都还在。我走进院子，典型的北京四合院，虽东厢房前盖出新的小房，院子的基本面貌未变。我走出来问老太太，进门的地方原来是不是有个影壁啊？她说我记不清了，我还是原来查卫生的时候到他们院子里来过，这一眨眼都是好几十年前的事了。

想起放翁的诗：看尽人间兴废事，不曾富贵不曾穷。叶盛兰活着的话，今年九十多了。由叶盛兰，又想起了他的三哥叶盛章（叶盛兰行四，他下面还有一个弟弟叶盛长，是著名的老生）。叶盛章原先住枣柏胡同，离叶盛兰家不远，后来也搬到龙潭湖去了。想起叶盛章，不由得想起当年在老北京的天乐园发生的一件事情，便立刻到大栅栏对面鲜鱼口的街上找到天乐园。

这是一座清嘉庆年间的老戏园子，朝代更迭，几经易主，1920年，天乐园更名为华乐戏院。开头是王又宸、周瑞安，后加入高庆奎、程砚秋演出，再后来是富连城加盟，都是一时的名角，让这个颓败的老戏园子重新红火起来。当时加盟富连城的叶盛章，也在这里唱戏。叶盛章是有名的武生，兼武丑，武功好，唱功念白也好，可以说是文武兼备。他的经典《三岔口》《打瓜园》，都让他在戏迷中赢得了名声。

1947年，天乐园发生这样一件事情，和叶盛章紧紧联系在一起。那一年，"国大"代表张道藩来京，北平市政府为拍张的马屁，指示梨园行会要为张组织一场义务演出，各路名角都得悉数登场，演出地点就选在天乐园。

　　当时，张道藩还是国民党的作家协会主席，一脚跨官场、文场两个场子。不过，他确实也会写文章，而且写得还不错，并不只是上面派下来的挂个虚名的作家协会的主席，要不然徐悲鸿当年的夫人蒋碧薇也不会说死说活地爱上他。张道藩是个风流人士，想来北京的梨园界风雅风雅，抖抖威风，听听京戏，再和梨园名角们会会面，握握手，谈谈对国粹的振兴，然后把相关的报道和照片刊登在报纸上面，也是不虚此行，是可以理解的。

　　只是张道藩没有料到，梨园行会当时刚刚换届，新任会长是叶盛章。叶盛章脾气耿直，那一年才三十五岁，属于年轻气盛，听说张道藩凭借官衔跑到北京耀武扬威，来听"蹭戏"，带头不愿意。他要只是如一些文人一样心里不乐意，嘴上骂骂，也就没有以后的事情了。偏偏他耿直的脾气上来了，他新当选的梨园行会会长的头衔，其实不过是唱戏里的帽翅儿一般的官而已，却让他当真了，觉得不能够只图个浪声虚名，自己应当干点儿事才对得起这个名分。于是，他便以会长的名义出面召开梨园行会全体理事会，把给不给张道藩演戏的事情交给大家讨论。他以为大家会和他一样义愤填膺，继而拒绝为张道藩演戏，谁知道讨论的结果并不像他想象的那样。好多人心里都认为不给钱就是不伺候，但又怕拒演既得罪了张道藩，又得罪了政府，以后给梨园界带来麻烦。讨论到最后，大家勉强同意还是演出吧，没想到这么一耽误，耽误了开演的时间。这一下，惹恼了台下的大兵，跑到台上闹事，愣是把叶盛章绑到台上示众，一通棍棒乱打，把茶壶、茶碗、汽水瓶扔得他满身都是。如果不是叶盛章会武功，能够抵挡一下，和那帮大兵奋力挣巴，非死在台上不可。最后，叶盛章被警察从台上生生拽下台，逮捕进了局子，那场面和电影《秋海棠》里演的大兵把秋海棠抓走的场面一样。

叶盛章这段往事，现在知道的人已经不多，差不多已经像一张旧戏票，被我们随手扔在了遗忘的风中。当我知道了这样的事情后，我对叶盛章刮目相看，面对国民党大兵，他在舞台上表现出来的血性，和他舞台上演过的那些过去朝代里的英雄一样，让人肃然起敬。我忍不住想起叶盛章在"文革"中屡次被红卫兵抓走去批斗的经历。一样的被毒打，只不过时间已经从 1947 年转换到了 1966 年，国民党大兵变成了红卫兵。其实，不过才过去了十九年的光景。只能够用 1966 年当时曾经流行过的词语，说是"历史何其相似乃尔"！

准确地说，应该不完全是"相似乃尔"。首先，1966 年，叶盛章遭受的毒打并不止一次。那时候，叶盛章和夫人，唯一的儿子，一家三口住在崇文门外龙潭湖的楼房里，他便把在宣武门外海柏胡同里的老宅给卖了。"文革"中遭受的第一次毒打，便是因此而致。是因为有人打了他的小汇报，说他出卖私房、挤占劳动人民的住房，说他人口少住房多，只是这样一条，便能够置他于死地。虽然他老老实实地把卖房子所得钱的存折上缴给了组织，但也难逃厄运。他被限令"二十四小时之内滚出红湖"（当时龙潭湖被改名为红湖）。在滚出红湖之前，他挨了批斗，遭受了第一次毒打。然后，只允许他带着一张床、一只皮箱、一个橱柜、三副碗筷离开红湖，最后反复央求，破例允许他再带一个收音机，好听伟大领袖的"最高指示"，他一家三口住进了一间小平房里。

如果厄运到此为止，我猜想叶盛章也许会忍下去，我们好多人不都是这样忍下去的吗？但是，红卫兵并没有放过他，依然找到偏僻的平房里，把他揪出来批斗。没有人出面制止，大家都自身难保，大家也都忘记了他是京戏里的武生名角，他曾经带给我们那么多艺术的愉悦与享受。

这一天上午，他去上班，他的夫人还特意往塑料袋子里装了几个干油饼，让他带到班上吃。谁想到，就在这一天，他的夫人被抓走批斗，被剃了阴阳头，夫人难忍屈辱，投龙潭湖自尽，却被人救出。当叶盛章看到夫人是这副狼狈样子的时候，执手相看泪眼，我想是他最无法忍受得了。谁想到，就在这一天夜里，红卫兵还没有放过他，居然大半夜里杀上门来，将他再次打得遍体鳞伤。第二天，他横尸在护城河上。

如果还和1947年那场毒打相比，再一点儿并不"相似乃尔"的，是在面对红卫兵的一次次毒打中，他竟然没有任何的还手。其实，他是身怀武功绝技，而且那一年他才五十四岁，正是年富力强。凭他从小练就的童子功，对付几个毛头的红卫兵，是不在话下的。可是，他没有还手，任凭他们把自己毒打得遍体鳞伤。

我不明白，他为什么能够做到这样。我也弄不清，那时候他是怎么想的。我只是猜想，和1947年在天乐园舞台上面对那乱棒飞舞相比，他的性格变化太大了。我弄不清到底是什么原因，把一个那样一腔热血的汉子的性格，改造成了这个样子。

最近，因为要写天乐园，我多次到鲜鱼口去看天乐园，周围一些地方已经拆得一片凋零，它的前面也是一片瓦砾，但是它二层的戏楼还在，老态龙钟，毕竟还立在那里，像历史的物证一样，给今天一点儿看得见、摸得着的对比和关照。每一次到这里，我总回想起1947年三十五岁的和叶盛章和1966年五十四岁的叶盛章。我特别想起那些在"文革"中曾经写小报告告发叶盛章的人和那些曾经毒打过叶盛章的人，他们现在怎么样了，会不会在偶尔之间想起曾经发生过的往事？

　　由叶盛兰想起的是关于叶盛章的这段往事。我相信，会有好多人如我一样想起了他。其实，想起了他，就是想起了我们自己，在那一段历史中的我们自己。

2006 年夏于北京

花飞蝶舞梁谷音

　　上海昆曲团成立三十年，要到北京演出，听说了这消息，我早早一个多月前就买好了票，其中最想看的是梁谷音的《蝴蝶梦》。

　　我对昆曲一窍不通，也不想跟随如今新潮的昆曲热凑热闹。昆曲名角众多，却因见识浅陋，只知道一个梁谷音。之所以记住了她，缘于几年前读过她的一则文章，印象很深，说她2001年在美国华盛顿索米博物馆，不愿意在博物馆安排好的小剧场里演出，偏选在了小小的展厅里演了《琵琶记》里"描容"一折。只是一人一笛一鼓，没有舞台，甚至没有任何布景，也没有字幕翻译，却演得那帮美国人都看懂了，不仅看懂了，而且还随着赵五娘为婆婆描容来祭奠的悲悲戚戚的感情起落而潸潸泪下。这样的情景，很让我着迷，很是向往，充满想象。梁谷音究竟有什么样的魔力，可以将一曲昆腔演得如此出神入化？甚至穿越时空，沟通起不同文化背景人们的心灵？

《蝴蝶梦》是一出清人的剧，旧时叫《大劈棺》，说有迷信和黄色内容而被禁演。其实，它不过借庄子说事，将一则庄周梦蝶的故事重新演绎，其中对于爱情与婚姻的质疑，颇具有后现代的意味。今天看来依然具有清新撩人的醒世味道。庄周最后唱"万古大梦总相如"，真的是现代故事的古装版，今古交替，充满反讽，互为镜像。梁谷音饰演庄周的妻子田氏，第一场"扇坟"，一出场破扇遮脸、优美碎步的亮相，就赢得了满堂彩，确实精彩。爱情失去了信任，猜疑和试探成了家庭的主旋律，庄周荒诞装死，化作翩翩美少年楚王孙，冒充庄周的学生，打上门来，以图与师母玩一段师生恋，来考验妻子一番。果然立马奏效，田氏一见钟情，恨不相逢未嫁时，乃至为救心上人王孙的性命，不惜举斧大劈棺取先夫的脑仁用上一用，真可谓将情与爱、性与欲推向极致。梁谷音将这样一个性格复杂、内心丰富、情感大起大落的妇人，演得花飞蝶舞、鸟啼梦惊，如此风姿绰约、曲净天青。

舞台剧与影视不同，无法出现大特写，一般观众看不大清演员的面目表情，更不会如纸面的小说，可以铺陈大段的心理描写。这就要看我国古典舞台剧演员演出的魅力了。最让我惊叹的是，梁谷音能够将看不见的心理和心情演绎得惟妙惟肖，如状目前，看得见，摸得着。这真是本事。她的唱功的曲折与微妙，我不懂，但看她的身段与台步，水袖和眼神，真的是一枝一叶总关情，似乎都会说话，都长着眼睛，都绽开着笑靥。一招一式，拈襟揽袂，曳裙拖裾，带动得整个舞台跟随着她一起婆娑摇曳、柔柔软软、飘飘欲仙。

别看舞台朴素至极，几乎没有什么新奇和高级的装置，演员也没有浩浩荡荡的人马，一共只是四个人演出，却将舞台充满气场一样，满满盈盈荡漾着的都是戏的神韵和魂儿，咫尺天地，无限江山。

梁谷音善于运用手里的小道具，扇子、红纱、喜花，乃至最后出现的斧头，都被她得来全不费功夫一样，成了她的另一种表情和风情，彻底地化为了属于她自己的一种艺术创作。特别是那一方透明的红纱，袅袅婷婷，让她上下左右、胸前身后、眼前嘴中、地上地下，翻飞得如同一个火一般燃着的精灵，让我忍不住想起理查·施特劳斯根据王尔德的《莎乐美》

改编的歌剧里的那段"七重纱"舞，有着异曲同工之妙。借助它们，将一个闺中寂寞难禁、春心荡漾、欲火中烧、于心不甘又急不可耐、万千风情又敢于叛逆而铤而走险的妇人，拿捏得恰到好处，勾勒得须眉毕现。那种含情欲说、媚眼相看、心事难付、情结如蛇一样盘结的错综复杂，那种从含羞、哀怨到娇憨到放纵到最后情感的喷薄而出，大写意的水墨画的墨汁淋漓得洇染一样，一点点层次分明地呈现出来，将简单的舞台舞动得风生水起。

想想在华盛顿她演出的"描容"，能够令那么多美国人动容，也就信服了。

真不敢想象梁谷音竟然已经是六十六岁的人。这就是戏剧的魅力。它混淆了现实与艺术的界限，它让一个演员永远年轻，而将年龄融解于舞台虚拟与梦幻之中。

散场后的北京，月白风清，夜空如洗，难得的清爽，总还想起谢幕时梁谷音将观众献给她的鲜花又使劲儿抛向观众席的情景，心里盛满感动和对她的敬意与祝福。

2008 年 10 月 13 日于北京

老板的汗血马和
骆玉笙的花盆鼓

新近，由美籍华人跨界导演，推出的一场新派京剧《霸王别姬》中，最令人叹为观止的是，最后竟然不伦不类地牵上一匹汗血马，充当乌骓马抖擞上台，在乌江边让霸王与之告别。看最新一期《三联周刊》报道，这匹汗血马价值几百万，是投资排演这出京剧的老板的心爱之物，他希望导演让这匹汗血马登台露个脸儿。于是，这匹汗血马和霸王一起联袂也成为戏里的一个角儿。

这实在是件有意思的事情。资本介入艺术演出的市场之后，无论国内还是国外，历来什么事情都可以发生。以前听说，投资戏剧和影视的老板为捧红自己心爱的女人，要求导演让其出任主角或其他角色，凭着老板的财大气粗，导演和剧组无可奈何，只好签下城下之盟，让一些并不着调的女演员在戏中滥竽充数。没有想到，由于老板的喜好不同，如今的老板改换了章程，变女人为汗血马。

此番汗血马慷慨亮相，照导演的谦虚的说法，是给观众一点儿小的惊奇。其实，牵真牲口为活道具，这算不上什么新鲜和惊奇，好多年前，在北京体育场上演威尔第的歌剧《阿依达》，早就请来真的骆驼登台上过场，不过是作为炒作的卖点而已。要说舞台上真让人叹服的创新和惊奇，倒让我想起了已故的艺术家骆玉笙老前辈。

曾经看过这样一段录像，是八十岁高龄的骆玉笙演唱京韵大鼓《击鼓骂曹》。这是一个传统的老段子，骆玉笙师从少白派白凤鸣先生。但是，无论白先生，还是以往演唱这段《击鼓骂曹》的其他演员，都只是单手击打板鼓。骆玉笙为了演唱更加身临其境，更加富有韵味，改一段常用的板鼓，而将一个浑身通红的花盆大鼓请上台来。那大鼓状若硕大的花盆，骆玉笙站在鼓前，显得格外娇小玲珑，便越发显得鼓大而强劲有力。这是以前京韵大鼓没有出现过的道具。为此，骆玉笙专门向京剧名家杨乃鹏一板一眼地学又击鼓，练得炉火纯青。显然，这也是京韵大鼓从未有过的表演方式。

在唱完祢衡一通鼓"惊天动地"，二通鼓"悲喜交加令人惊"，三通鼓"似有金石之声"，再唱一句"众公卿凝神倾听"之后，骆玉笙弃板鼓而击打大鼓，先鼓点，后加入胡琴声，时紧时缓，时高时低，密如骤雨，疏似断鸿，最后，声声紧逼，步步惊心，将那鼓点打得真是出神入化，让这一通纷繁错落的鼓点为现场营造出不同凡响的气氛和气势。一长段节奏分明的鼓点之后，骆玉笙张口再唱，才有了后面祢衡的骂曹。如此一来，前面的击鼓成了表演也成了内容不可分割的组成部分，使得后面的骂曹有了足够的铺垫和渲染，才显得水涨船高般让这一段大鼓达到高潮。于是，这个花盆大鼓和祢衡一起成了主角，骆玉笙让它有了突出的形象，也有了缤纷的声音。

任何艺术形式都需要不断地创新，创新是没有错的，只是创新不是哗众取宠，不是非要将老板的心爱之物亮相于舞台。因为舞台自有舞台的规律与规范，不是老板的私家花园或多宝橱，非要将其宝马拉出来遛遛，或将其其他宝贝展示出来看看不可。特别是京剧，是讲究虚拟的写意艺术，几把桌椅和一道帷幕，都能够调动起五湖风雨、万里关山，并非戏中有马就一定得牵匹活马上来。骆玉笙当迈时演唱《击鼓骂曹》，请上花盆大鼓，无疑是借鉴了京剧的内容而丰富了京韵大鼓自身的表演形式。过去，京剧里讲究"冷锣"和"急鼓"。周信芳演戏时便常用"冷锣"，他道白"此话怎讲?"紧接着便是一声"冷锣"，气氛一下子别开生面。而京剧开场前的急急风中"急鼓"的作用，常常是整场气氛的烘托。骆玉笙衰年变法，将京剧的鼓点融入京韵大鼓里，使鼓点不仅起伴奏的作用，而且和内容和人物和情境融为一体，把一段传统的《击鼓骂曹》演唱得高潮迭起、别具一格，这才是真正的创新。

在舞台上，请上汗血马和请上花盆鼓，都算得上是别出心裁，但真创新和伪创新的区别，明眼人还是能够一眼望穿的。那便是一个是为了艺术，一个是为了自己；一个是为观众倾心，一个是为资本屈膝。

2012 年 3 月 6 日于北京

从菱窠到慧园

　　菱窠并非真的有菱角，而是形状如菱角的一片水塘。1938年，李劼人买下这块地方，是为避日本飞机的空袭，将全家从成都市里的桂花巷搬到这里。那时，这里已属于农村，是姓谢的一家的果园，因是战争期间，很便宜便买了下来。再外面倒是有一片菱角堰。李劼人便把自己这个新家取名叫作"菱窠"。

　　如今，菱窠成了李劼人故居，对外开放。就在川师大附近，因城区的扩大，已经离域不远了。在故居的展览室里，看到了一幅老照片，李劼人的夫人领着他们的小女儿站在菱窠的门口。看那时的菱窠，门是柴门，墙是铁蕨藜蔓上竹子编的，只能叫作篱笆，大概与当年杜甫的草堂类似，所以当年李劼人自己说是"菱角堰前一茅舍"。取名"菱窠"，与见惯的各种"堂"呀、"室"呀，便大不同，"窠"就是窝而已。门前便是状如菱角的水塘，绣满一池荷花，不管战火纷飞，没心没肺地开放着。

如今的菱窠，大门和墙都气派了许多，道士门式样的大门虽然不大，却有着门楣、门墩和瓦檐，还有醒目的"菱窠"的匾额。门前的水塘没有了，但有一块小小的停车场，再往前紧连马路的空地，正在紧锣密鼓地大兴土木，据说是要建一片公园。以后的菱窠，便成为园中园，会有沧海桑田之感了。

走进菱窠，左侧是花草树木掩映，建筑都是白墙、灰瓦、铁锈红的柱子，典型川西风格。正面是一座带环廊的二层木楼，坐南朝北，西侧面是一排厢房，楼后有李劼人夫人的墓地。楼前开阔的草坪上，立有一座汉白玉的半身塑像，想必一定就是刘开渠雕塑的李劼人的像了。东面有一方不大的小湖，湖边有水榭、亭台和游廊。紧靠大门的一则，则是李劼人曾经开在指挥街上的"小雅菜馆"。院落里面除了几个工作人员围坐在藤椅桌子前喝茶下棋，没有一个游人，偌大的菱窠幽静得很，风闲花落，空翠湿衣，仿佛远避万丈红尘的一个隐者。

　　显然，故居是经过精心整修的，才显得如此地花木繁盛，完全园林化了。现代作家中，能够有以自己的稿费买下的故居完好保存下来的，已不多见。北京的郭沫若和茅盾的故居，是解放以后政府划拨的。老舍故居是自己买下的，尚在，但远不如这里的轩敞。至于鲁迅在绍兴会馆的故居和林海音在晋江会馆的故居，已经破败拥挤得成了大杂院。其实，当年李劼人买下谢家果园，比现在看到的还要宽阔，足有十二亩多，各种果树繁茂，后来建校园，占了八亩，现在的菱窠只剩下了四亩左右，比原来缩小了三分之二，小多了。

　　李劼人的经历比一般作家要丰富得多，经历了辛亥革命、五四运动、抗日战争和解放后新中国的建设与运动。读中学的时候，赶上四川保路运动，作为中学生的代表参加了保路同志会，还和王光祈等人发起了少年中国学会，创办了《星期日》周刊。1919 年年底，到法国半工半读留学四年十个月，回国后当过民生机修厂的厂长，解放后当过成都市的副市长。如此丰富的阅历，使得他作为作家一出手就与众不同，他的《死水微澜》《暴风雨前》《大波》三部曲，描摹辛亥革命前后时代风云的长篇巨著，开创了新文学史上多卷本史诗性的长篇小说的先河。可以看出，他的抱负"气吞万里如虎"，他是想做巴尔扎克《人间喜剧》和左拉《卢贡-马卡尔家族》一样的工作，希望把"小说"写成"大说"。

故居的一楼是李劼人的起居住房，二楼是陈列室。居室完全复原当年的情景，很朴素，书房里摆一张单人床，是李劼人当年改《大波》时特别放在这里的，怕吵夫人睡觉，自己在书房里写累了就睡。故居在1959年曾经翻盖过一次，用的是李劼人的稿费，那时，他的三部曲再版，《死水微澜》和《暴风雨前》的稿费先到，有八百多元，翻盖不够的费用，等《大波》的稿费到后再补上。想来那时的稿费还真的顶用。

翻盖菱窠，主要是为了安静下来仔细修改三部曲。解放后修改三部曲，成了李劼人的大事，此事得失参半，留于后人评说。在书房里，我走神的是，奥地利的音乐家布鲁克纳，和李劼人一样，也是格外虚心听取别人的意见，对自己的作品一辈子都在频于修改的状态，但最后改动的结果不见得就如最初之始的如意。李劼人就是在这间书房里一直改他的《大波》，改写了四次，一直到临终的前一天还在改。无奈天不假年，他只改好了十二万字，余下了三十万字，如嗷嗷待哺的一只只小鸟，只能空留在书桌上了。

客厅的墙上，挂着几幅字画的复制品（李劼人字画藏品很多，有一千多幅明清古画），其中一幅《兰石图》，逸笔草草，却运笔用色均不俗，仔细看，原来是号称"川西孔子"的刘止唐之子刘豫波的画。他是清末民初成都有名的"五老七贤"之一，曾经是李劼人在石室中学读书时的国文老师。看画上有题跋："既淡养心，坚定立学，三十余年此心空谷，一笑相通，还持旧说。"这里有赞许，也有期望，还有一份遗老的遗风。一打听，知道是李劼人和老师分手三十多年后，在成都的街头和老师不期而遇，老师赠他的画作。李劼人一生对刘豫波都非常敬重，他曾经说：老师"教我以淡泊，以宁静，以爱人"。大概就是指刘豫波要坚持的"旧说"吧。

1962 年年底，李劼人去世后，菱窠一度荒芜。但在"文革"期间幸存，没有遭到破坏，主要因为作为了政府的招待所，后来改为库房和宿舍，一直有人住，便保留着旧貌和人气，实在是万幸，和如今一些名为故居实则新造的假古董完全不同。1959 年翻盖时，故居曾经增添了一些楹联，此后重修，楹联更多，分不清哪些是新哪些是旧了。但楹联很有文学的气息，和别处不同的是，李劼人自撰的楹联很多。我非常喜欢其中 1946 年他的自撰联："历劫易翻沧海水，浓春难谢碧桃花"。正是抗战胜利之时，透露了他的心情，如果和那时同在成都迎接胜利的陈寅恪写的诗相比，可以看出其中的不同。一幅是 1962 年病重后的自撰联："人尽其才地尽其力物尽其用，花愿长好月愿长圆人愿长寿"。和他的三部曲一样，依然是宏大叙事的笔触和襟怀。还有一幅，不知撰写于何年："冷眼看空游侠传，热情涌出性情诗"。我最喜爱的，是 1961 年他的自撰联："最有文字惊天下，莫叫鹅鸭恼比邻"。情趣盎然，有杜子风。

最后来到他的雕像前，刘开渠和他在法国留学期间就结识为好朋友，抗战期间在成都，他们两人一起发起建立了抗日救国的组织，友情弥深。雕塑家为作家雕像，如罗丹之于巴尔扎克，刘开渠和李劼人是一对剑鞘扣。但看刘开渠为李劼人塑的像，却没有那么多的感情宣泄，而以完全写实的风格，还原老朋友淡定又笃定的风貌，又因是汉白玉的材质，显得静泊，有些冷。想那时刘开渠已老，早是春秋阅尽。再看像后的基座上有张秀熟撰文马识途书写的铭文："巴蜀天府，地灵人杰；劼人先生，一代文哲；锦心绣口，冰清玉洁；微波大澜，呕心沥血；山何巍峨，日何烨烨；缅怀斯人，高风亮节。"赞誉之辞，和塑像风格正好冷热均衡，动静相宜，山水相合。

从菱窠到慧园，并不远。但感觉却像走过了漫长的一个世纪。并不是因为巴金和李劼人作为成都双子星座的作家，一位一生扎根本土，一位十九岁离开家乡，到晚年才得以归家探望，使得两者的时间距离拉开得那样长。也不是因为慧园在闹市中心，与菱窠田园风的静谧，呈过于鲜明的对比。而是作为巴金故居的补充物，慧园体现了故乡人对巴金的一片深情厚谊，毕竟巴金在东珠市街上的李家老宅已经不在。慧园的名字取得极好，取巴金《家》中人物觉慧的"慧"字，寓意多重，充满想象力，总希望能有一个让人们怀念和怀旧的地方，能够重新走近巴金，走进巴金所创造的《家》的地方。只是新建的慧园，和老的菱窠容易拉开了时间的距离，建筑和树木一样，身上的年轮醒目，由老的菱窠到新的慧园，仿佛旋转舞台上的布景置换，洞中方一日，世上已百年，让我感到仿佛走了那么长的时间。

慧园在百花潭公园内。锦江之滨，花繁叶茂，天然幽韵，难得的好地方。慧园设计为二进院，院四围有游廊环绕，地方不大，却小巧玲珑。大门轩豁，门前有一小广场，叫慧园广场，修竹茂树、鲜花掩映，门楣上有启功题写的"慧园"的匾额，门两旁的抱柱联为马识途书写："巴山蜀水地灵人杰称觉慧，金相玉质天宝物华造雅园。"前院为牡丹厅，厅堂的匾额"牡丹厅"，朱家溍题写；两侧的抱柱联："慧以觉生成家不易，国因文建明德常新。"后院为紫薇堂，匾额"紫薇堂"，史树生题写，两侧的抱柱联："巨匠文章感召热血青年融入激流三部曲，高山品格怀念赤忱蓍老坚持真话一条心。"字都是好字，以意思而论，前院一联最好，既有巴金小说《家》中沧桑历史之感，又有引申进一番行船万里今世之意，有家有国，联袂而意味幽然。

慧园是 1989 年正式对外开放。1987 年巴金最后一次回家乡时，慧园正在动工，巴金专门来看过，回上海后为慧园捐赠了好多物品，应该说对慧园寄予感情和希望。如今慧园前后两院的厅堂中，还是摆放着当年开馆时的陈列品，有关于巴金的生平和创作的照片、书籍和书柜等实物。只是都已经发黄，留下了虽然并不太长却已经尘埋网封的日子的痕迹。岁月真的是一个伟大的雕塑师，可以将一切雕塑成另一番模样。没有感到"慧以觉生"的意思，倒是真的感到几分"成家不易"的样子，因为眼前的慧园不再像是觉慧的家，而是出租他用一般，满眼都是茶客，厅堂、院子里，连走廊里都摆满了桌椅，茶香缭绕，人声鼎沸。前院还专门设有家宴，广告牌上标明两种规格：268 元一桌含 10 杯茶，1888 元一桌含 10 杯茶。四周的巴金的一切老照片、老书籍、老物件，都在陪伴大家喝茶，任流年碎影和眼前的茶香花影交织，真的有些不知今夕何年之感。

二十年前，我第一次来慧园，那时慧园刚建成开放不久，一切恍若梦中。那时，虽然前院在举办盆景展览，毕竟只是盆景，悠悠韵味，和书香谐调。而且，将慧园扩展功能，吸引更多人到此流连，也是相得益彰之事。不过二十多年，慧园却变成了茶馆和家宴，总让人有些惘然。忍不住想起坊间流行的民谣：巴金不如铂金，冰心不如点心。

幸亏大门前的慧园广场，还如以前一样的安静。树荫竹影下，有花香袭来。正面，有叶毓山雕塑的晚年巴金拄着拐杖的全身青铜像，一侧有一方长石上镌刻着冰心的题词"名园觉慧"。让人感到巴金和冰心两位老朋友，还在并肩一起，睿智却也宽容地看待眼前的一切，或许会说我不必自作多情，文学本来就不是什么非登大雅之堂不可的事，和乡亲们一道喝喝茶，吃吃饭，有烟火气，有乡土气，有什么不好？到慧园而能觉慧者，那不过是额外的赠品。

2012 年 3 月记于成都

汀州去看瞿秋白

车过福建连江，本来要西去永定，在我的一再坚持下，车终于北上拐到了汀州。去汀州主要为看瞿秋白。

想起"文革"串联，从北京乘火车南下，从衡阳到韶山再到南昌和瑞金，离汀州越来越近，近得只有一箭之遥，却没有去成。不敢，还是不忍？真的说不清楚。那时候，红卫兵的小报上正在整版地刊载《多余的话》，批判瞿秋白为共产党的叛徒的文章和标语铺天盖地。瞿秋白的死难地汀州，自然没有韶山或瑞金那样令人趋之若鹜、热血沸腾。

在中国，不知会有多少人和我一样，内心深处是对不起瞿秋白的。不要说那些曾经无情抛弃过他、批判过他的人，就是如我一样已经走近了他却和他擦肩而过转身奔向时髦别处的人，其实，离真正的革命意义都很远，便也离瞿秋白很远。我一直相信，作为一名坚信共产主义的革命者，瞿秋白是遭人（其中包括共产党本身）误会最多的一个人，也是受人（包括共产党本身）最敬仰的一个人。

"话既然是多余的，又何必说呢？"《多余的话》里的这第一句话，始终在我的耳畔盘桓。那时候，真的不明白，既然明明知道话是多余的，而且很可能遭到误解乃至对自己全盘的否定，为什么偏要去说呢？好长一段时间，总觉得《多余的话》更多的是文人式的表白，是文人与革命的矛盾和纠葛，是对自己内心坦荡如砥的审视和解剖，是对于残酷路线斗争的厌倦和彷徨。没有多少人能够做到他这样坦然面对历史与现实，以及生死和他坚信的信仰。

但是，这么多年过去了，真的就明白这句话的含义了吗？明白瞿秋白当时写下这句话的心情了吗？车子在高速公路上奔驰如飞，离汀州越来越近，心里沉甸甸的。天阴着，蒙蒙的小雨如雾如烟。不知怎么搞的，忽然想起瞿秋白未到红区前在上海时写过的一首诗：万郊怒绿斗寒潮，检点新泥筑旧巢。我是江南第一燕,为衔春色上云梢。那时的心情,和写《多余的话》时的心情,是多么地不一样。历史虽然从来不允许假设,但从心里还是忍不住一次次地假设过,如果当时瞿秋白能够随大部队一起长征,会是一种什么样子?

以前读书的时候,曾经读到过这样一个细节,红军北上之际,瞿秋白把自己的强壮马夫换给了徐特立。这个细节一直没有忘怀。这是一个革命者的情怀,他把困难乃至危险留给了自己。我一直想,也许,从那一刻,他已经预料到自己的命运。革命没有想着他,他却依然想着革命。

车子越过已经污染的汀江,驶进喧嚣的汀州城,残败的老城墙掩映在新楼与旧房之间,和我想象中的汀州城完全不一样。唯一相似的,是建于宋代的试院,试院里的两株唐柏,还能够有资格诉说当年的沧桑与苍黄。这里一度是福建省苏维埃政府,又一度是国民党三十六师的师部。试院最后一道院,最东边偏厦的两小间房屋,就是当年关押瞿秋白的地方。是三十六师的师长,当年黄埔军校瞿秋白的学生宋希濂的特别照顾,让瞿秋白多了外面一间小屋,做会客用,很多劝降、诱降和威逼,走马灯般都是在这里轮番上演。

走进这两间小屋,不知为什么心怦怦地跳得厉害。墙的四围用棕色的木板围起,像乡间的木屋;靠墙是简单的一张木

床，靠窗是一张写字台和一把木椅。虽然窗子朝南，但因外面
有高墙遮挡，屋子里照不进来什么光，潮湿阴暗的感觉，和乡
间木屋立刻拉开了距离。写字台上放着砚台、毛笔和油灯，我
坐在木椅上，望见窗外有一座凹方形的小小天井，天井里种着
一株石榴、一株桂树，树龄都已经很老了。桂花尚未到开花的
季节，那一株石榴花却开得正艳。瞿秋白被枪毙的时候，是七
十六年前的 6 月 18 日，和我来时的时间相近，想来应该也是
榴花似火吧？

瞿秋白就是坐在这里写下《多余的话》，还有那些诗词，
那些篆印，包括写给妻女的信。临终之前，如此地从容，又如
此文气沛然。说起他写给妻女的信，我想起赴苏区前，他和妻
子杨之华在上海分手之际，曾经买过十本黑漆布的笔记本，给
妻子五本，对妻子说：这五本是你的，这五本是我的，我们离
别了，不能通信，就把要说的话都写在这里吧，到再见面的时
候交换着看。如今，坐在这里，想想，心里都会柔肠寸断。望
断南窗，遥想妻子，自己将要令尽天涯，那时他是什么心情？

当然，最难忘的是，临终那天早晨，他坐在这里写下他的
绝命诗，特务连长走进来，他没有停笔，接着写下这样一段
话："方欲提笔录出，而毕命之令已下，甚可念也。秋白曾有
句'眼底烟云过尽时，正我逍遥处'。此非词谶，乃狱中言志

耳。"最后写下"秋白绝笔"四个字。每逢想到这里的时候，总会忍不住想起雨果在《九三年》里写朗德纳克从悬梯上走下来，对团团围住他的荷枪实弹的士兵说：我允许你们逮捕我！尽管革命内容与阵营不同，但那种贵族式的高傲气质，让人肃然。

解说员告诉我，当年瞿秋白就是从这里被带走，从后门走出，到中山公园的凉亭饮酒照相，然后出西门赴刑场的。我请她带我看看那后门的样子，我很想顺着瞿秋白就义的原路走过去。她带我来到一条黑暗的走廊，后门被锁，她告诉我即使走出后门，前面建起了一所小学校，也走不过去了。

如今汀州城的西门，以及中山公园，还有被后人称为"秋白亭"的那座八角凉亭，都早已经不在，那地方建起了一座汀州宾馆。顺着府前街往西走不远，看见一座高耸入云的纪念碑，上书"瞿秋白烈士纪念碑"几个大字。旁边有一座花岗岩石，上刻"瞿秋白就义处"。当年，他就是站在这里用俄文高唱着《国际歌》和《红军歌》，用清亮的常州语音高呼着"中国共产党万岁"和"共产主义万岁"，然后说了一句"此地甚好"，坦然坐下，慷慨就义。

今年，正好是中国共产党建党九十周年。瞿秋白是自1921年中国共产党建党以来牺牲的第一位领袖。作为中国共产党早期主要领导人之一，作为两度担任过中国共产党的最高领导人，我们实在应该记住他。我们实在应该记住他在《多余的话》里说过的话："这个世界对于我仍然是非常美丽的。一切新的、斗争的、勇敢的都在前进。那么好的花朵、果子，那么清秀的山河水，那么宏伟的工厂和烟囱，月亮的光似乎也比从前更光明了。但是，永别了，美丽的世界！"我们实在应该问自己，这个世界是不是变得如他所希望的那样美丽？

当地人告诉我，此地纪念碑后被书中称为罗汉岭的山，他们叫作卧龙山。关押瞿秋白的地方为龙首，枪毙他的地方为龙尾，他用三十六岁短短的生命，擎起了整个一条龙。听完他的话，我转过身去，眼泪怎么也止不住地淌了下来。

2011 年 6 月 6 日端午节写毕于北京

长啸一声归去矣

　　如今的黎里显得有些寂寞。其实，它和同里同属苏州的吴江，都是千年古镇，但在二十多公里以外的同里太出名了，压住了黎里的声名。不过，话又说回来了，压也是压不住的，因为在黎里有柳亚子故居，是同里没有的。

　　就是因为柳亚子故居，赶在大雨前，我来到黎里，首先看到的是一条长长的河，据说有三里长。和同里蜿蜒的河汊相比，黎里的河笔直如线，古镇大小院落都依次错落在这条河的两边。南宋以来，北方人大量南迁，一直到明清两代，造就了黎里的繁荣，河的两岸由集市逐渐发展为门市，河取名为"市河"，其中"市"字就是集市、生意兴隆的意思。柳亚子故居就坐落在市河的岸边。几经战乱和饥馑，它没有被毁，算是万幸。解放以后，这里成了古镇的银行，无形中保护了它，如果陆续住进人家，人口拥挤，烟熏火燎，就会和北京城里的许多名人故居一样，被糟蹋得无以收拾了。虽然，"文化大革命"中，红卫兵闯将进来，损毁了后院精美的门雕，但整个院落基本上保持得相当完好，可谓奇迹。常有人说，与国外的石头结构的建筑比较，我国的建筑是砖木结构，不好保存，看这座已经有两百余年历史的柳亚子故居，说明不是不好保存，而关键在于是否保护。

如今，看门庭轩豁，前有市河，旁有备弄，后有走马堂楼，纵深近百米，很是气派。六进的院落，建造在一个小镇上，真的了不起。这里的人告诉我，这不算稀奇，黎里还有九进的院落呢。可见当初这里的繁华。看故居里柳亚子生平，看到二十世纪二十年代，柳亚子参与的国民党第二次苏州代表大会，就是在黎里召开的，就可以看出当初黎里地位的不同寻常。当初，柳亚子和陈去病创立南社，是到同里喝茶议事的，同里现在还存有南园茶楼。但要正式开大会，还得到黎里。

这里是乾隆年间直隶总督、工部尚书周元理的老宅，一座十八世纪的老房子。柳亚子十二岁那年，他家以三千大洋典租了这幢占地两千六百多平方米，共有一百零一间房间，总建筑面积两千八百多平方米的豪宅。所谓典租，是说十一年后周家如果拿不出三千大洋赎宅，这房子就归柳家了。算一算，一平方米一块大洋，现在看来是非常便宜了，不知道那时算不算贵。不过柳家和周家都属于大户，如此老宅的易主，可以看出朝代更迭和世事沧桑中，即古诗里"棋罢不觉人换世"的味道吧！如果不是面临着一场即将到来的翻天覆地的大革命，如果不是一腔爱国情怀的风云激荡，少年时代的柳亚子，也许和我们今天的"富二代"没什么两样。

就是住进这里的第二年，小小年纪的柳亚子写出了《上清帝光绪万言书》。这样明目张胆的反清言论，当时是可以满门抄斩的。但从这篇万言书可以看出少年心事当拿云，其奠定了柳亚子一生的走向。

这座柳亚子故居，让黎里提气，让市河有了它的倒影而流光溢彩。周家当年老匾"赐福堂"，虽然木朽纹裂，斑驳脱落，依然还在，端坐在地上，让逝去的历史有了看得见摸得着的物证。如今的大门内外厅的门楣之上，分别悬挂的是屈武先生题写的"柳亚子故居"和廖承志先生题写的"柳亚子先生故居"的匾额。当年，廖先生因叛徒出卖在上海被捕入狱，是柳亚子奔走营救才得以出狱，两人之间情分非同寻常。

大厅两侧，分别有柳亚子和毛泽东"沁园春"的唱和词，那曾经是柳亚子引以为骄傲的事情，也是如我这样一般人得以知道柳亚子的源头。也有周家当年请书画家董其昌临摹颜真卿的《赠裴将军》的中堂。可谓新旧杂陈，将年代打乱，错综一起，乱花迷眼，让人在历史中逡巡，引为遐想的空间。

其中最惹我眼目的是厅堂中的一幅隶属对联："古来画师非俗士，此间风物属诗人。"这是当年此地号称"诗书画三绝"的陈众孚老先生送给少年柳亚子的，一老一少的往来，可见当初柳亚子的不凡，才会赢得老先生这样的赞赏。据说当年就悬挂在这里，如今依然毫发未损，还悬挂在那里。好的文字比人活得年头长。

展览里还有两方台印，非常值得一看。一方是：兄事斯大林弟畜毛泽东；一方是：大儿斯大林小儿毛泽东。这两方印，都是1945年柳亚子请重庆的台印家曹立庵刻印的。谁想到"文化大革命"中，这两方印竟给柳亚子带来灾难，竟敢和毛主席称兄道弟，还大儿小儿地称呼，不是触犯了天条？便哪管柳亚子是在用典，而且柳亚子三怕误会而引起事后的节外生枝和无知者吹火生烟生出的麻烦。特意在印的一侧刻有文字注明典故的出处，但还是在劫难逃。最终把印章毁掉不说，还鞭尸一般，把早已经去世的柳亚子诬蔑为老反革命分子，而使得全家蒙难。如今看到的这方印章外带另一方，是 1987 年柳亚子诞辰百年之际柳亚子故居开馆时，曹立庵先生重新镌刻的。既是纪念故人，也是重温历史。庞大的历史并非仅仅宜粗不宜细，有时候，细节之处更能让历史还原得须眉毕现。

展览中，还看到柳亚子名字的来历，以前没有听说过。父亲给他起的名叫慰高，字安如。他在上海读书的时候，信奉卢梭的天赋人权论，便把自己的名字改为柳人权，字亚卢，意思是亚洲的卢梭。看到这儿，我禁不住莞尔，想起我们在"文化大革命"中的改名，不也是叫什么卫东、向阳之类的吗？柳亚子那时也是一个热血青年，而青年膨胀的血液几乎轨迹是相同的。当时，同为南社的高天梅，常和柳亚子有唱诗往来，便对他说，你这个亚卢的"卢"字（繁体"盧"）笔画多难写；再说，"亚"和"卢"都是大的意思，合在一起也不伦不类；不如叫亚子吧。子者，男子之美称也！柳亚子便这样叫开了，要说实在是比柳慰高、柳人权和柳亚卢要好听！一个人的成功和成名，名字真的隐含着某种命运的密码呢。

当然，最值得看的是后院，庭院深深，幽静异常，楼下柳亚子的书房"磨剑室"不让游人走进，只能凭栏观看。"磨剑"，自是用"十年磨一剑，霜刃未曾试"的唐诗之意，和他取名"人权""亚卢'直相呼应，书生意气，挥斥方遒，小小书斋，已经容不下他的心事浩茫了。当年这里藏有黎里最多的藏书，解放后，他将这些书全部捐献给了上海图书馆。据说，那时书籍有四万四千多册，打了三百余包，运往上海的阵势是浩浩荡荡的。

引我兴趣的不仅仅是书具上的孙中山的半身胸像，还有挂在墙上的一副对联：青兕身后辛弃疾，红牙今世柳屯田。是当年南社社员傅钝根指书赠予柳亚子的，以宋代两位不同风格的词人辛弃疾和柳永比拟他，可谓知音。据说，柳亚子很是喜欢，一直把这副对联挂在书房里。我想，那肯定不是自负地为了比附，而是心中的一种追求和向往。

走马堂楼上地板凹凸，本来阴雨前光线就晦涩，透过镂空的雕花窗棂，就更加阴晦不定。走在上面，让人真有种时光倒流的感觉，一步跌入前朝。二楼是柳亚子一家的起居室，现在看看，每间都不宽敞，和现在一些发了财做了官的文人的住所相比，可以说很是窄小。他的三个孩子柳无忌、柳无非、柳无垢都是出生在这里的。1927年蒋介石"四·一二大屠杀"，把柳亚子列入黑名单，半夜派兵来抓人，柳亚子就是藏在卧室边的复壁里才逃过一动。躲在狭窄的复壁里，他老先生还写诗呢："曾无富贵娱杨恽，偏有文章杀祢衡。长啸一声归去矣，世间竖子竟成名。"我以前读柳亚子的诗，觉得他特别爱用典，几乎每首诗都有典故，有的不大好懂。生命攸关时刻，老先生还在用祢衡和杨恽这两个摇笔杆子的典故呢，要说柳亚子真真的单纯得可爱可敬。这样的劲头儿，大概只属于那一辈文人，如今的文人，只有汗颜的份儿了。

这一夜趁着天不亮的时候，他换上一身渔民的衣服，雇了一艘破渔船，偷偷地离开了家。小船摇了三天三夜，才摇到上海。这一年，他整整四十岁，在这里，他生活了二十九年。

走出柳亚子故居，云彩压得很低，雨就要来了。市河的水有些晦暗，老桥在风中似乎隐隐在动。想想，八十二年前，柳亚子就是从这条河离开家的。他再也没有回到过这里。禁不住想起他的那句有名的诗："安得南征驰捷报，分湖便是子陵滩"，有些百感交集。分湖便在这里不远，指的就是这里，他的家乡。也许，只有站在他的故居前，吟诵这句诗，才会别有一番滋味上心头吧？

2009 年岁末北京

梅州访张资平

　　到广东梅州,听说张资平的祖宅就在市区边上,便请车子拐了弯。这里原来隶属梅县东厢堡三坑村,市区的扩大,像包饺子一样,把它当成了一道美味的馅儿包了进来。

　　早听说张资平的祖宅叫作留余堂,张资平在这里落生,一直生活到了十九岁才离开这里,到日本留学,据说当时他考的成绩是最后一名,扒上了去日本海船的船尾。这里是他的故居,如今讲究名人故居的开发,成为不可多得的文化和旅游的资源。更何况,张资平历来是颇受争议的人物,其汉奸的历史问题，以及因写三角恋爱小说闻名而遭到鲁迅先生的批评，都使得他显得有些另类而为人瞩目。只是因为张家老屋尚未收拾好，暂时未对外开放。对于我而言，更愿意看这样未经修饰的老宅，哪怕荒芜如同一座废园，其凋败的沧桑之中，更能让人容易捕捉到历史真实的影子。想起前两年在东北看萧红故居，新得如同新娘，难以走进《呼兰河传》之中。

走进留余堂，没有见到一个人。牌楼式的大门坐南朝北敞开着，三进三出的大院落，明显客家梅龙屋的格局，中轴线连带着三座轩豁的厅堂，左右对称三排排屋，最后一排半圆形的围屋，整个院落足有七十多间房子，却空荡荡的，只有南国热辣辣的阳光，不安分的小鸟一样，在地面和屋顶上跳跃。

房屋的门窗都有些破败，里面更是一片凋零，蛛网坠落，尘土四溢，堆砌着乱七八糟的杂物。看样子早没有人居住，所有的一切都只在遥远的回忆里了，破败而悲凉的情景，颇似电影《小城之春》里重回故里的那种感觉。但是，如果仔细看，房梁上有精美的木雕，并没有被岁月凋蚀和人工破坏，雕刻着的麒麟、如意和大鼓，依然栩栩如生。还有松竹梅莲的漆画，也清晰可见。大门"珠联璧合，凤翥鸾翔"的门联，大堂上"积善之家荆树有花兄弟乐，读书为业砚田无税子孙耕""孝友传家诗书礼乐，文章报国秋实春华"的抱柱联，以及大门门楣上道光二年的横匾"经魁"，前堂道光十四年的横匾"文魁"，都显示出了张家当年的风光、气派和心底。张家祖上出过两个四品官，七个举人，虽不为显赫，却也值得骄傲。记得张资平在他的也是我国现代文学史上第一部长篇小说《冲击期化石》中，曾用颇大的篇幅写过他旳老宅，特别写过老宅的这些对联，虽然文字有出入，但忠孝传家、诗书及第的内容是相同的。他还特别写过的父亲，当年他父亲是秀才，当乡间的私塾先生，他从小是跟着父亲学习的，他说"父亲是我的知己。"

最宽敞的中堂，显然被人收拾过了，中间有祭祖的条案，左侧的墙上有张氏家族捐款旳名单，右侧的墙上有一排照片，是张家出过的人物。在中间，我找到了张资平，看照片下面的文字介绍，知道他是张家的笫二十世孙，1906年在附近的广益中西学堂读书，1910年在东山初级师范学堂读书，十九岁当第一任学艺中学校长，同年留学日本。那上面特意注明张资平到日本学的是地质，有关于地质学的专著，似乎有意淡化他的文学生涯。

正在俯身细读，当地的朋友带来一位身材高挑、鹤发童颜的老人，才知道是张资平的亲侄子，名叫张梅祥，今年七十八岁。1940年七岁从印尼回国，跟母亲学制衣，算作工人，出身好，解放以后才没有因为张资平的问题受到牵连。但这座老宅被充公，她和母亲住在旁边的两间茅屋。老宅后来成了生产队的队部，他去了新疆生产建设兵团。1983年，六十岁那一年退休回来，就开始找队部要房子。他告诉我他是十九级干部，在新疆管劳改犯，退休回来，不管多难，就是想要回老宅。终于要了回来，头一天，他站在大门口，拦住了担稻子入门到庭院晾晒的农民，告诉他这里不再是大队部了。这两年，留余堂作为客家古民居已经被市里批了下来，他现在要做的是筹措资金把老宅保护好、维修好，将来把张资平的故居也能开放出来。

我请问他：为什么当年把老宅取名留余堂？他告我，这是1827年他的曾祖建的房子，他的祖父有两个儿子，希望孩子做事做人要留有余地。另外，留字的一种写法是上面两个口字，希望两个兄弟能够和睦。祖父的这两个儿子，哥哥便是他自己的父亲，弟弟则是张资平。

我又请问张资平当年住的那间房屋，他先对我说，这座留余堂的格局是这样的，左侧排屋的前半部分为大哥住，后半部分为二哥住，右侧排屋相反，兄弟之间，你中有我，我中有你。然后，他带我到了左侧的后半紧靠中堂的三间小屋，告诉我当年张资平（也就是他的叔叔）就在这里住。这是南北前后一串的三间小屋，开间都不大。最北面是厨房，中间是卧室，最南面是书房。书房前有一个下沉式的天井，天井的前面有花墙、花窗和一方小水池，前面则可以种些花草。如今，虽然凋零得只长满青苔，但可以想象当年这里还是一处不错的景致。

张老伯又带我继续往左侧走，穿过一座拱形的月亮门，来到排屋最外一层，那里有一座小厅堂，这在客家围龙屋中极少见。他告诉我这是张家的观音厅，张家大小事都要到这里祭拜的，很灵。我问他张资平当年到日本留学离家之前到这里拜过观音没有？他说记不清了，不过应该是拜过的。但是，观音娘娘没有保佑得了张资平日后的命运。解放以后，因为汉奸的问题，几起几落，1959 年，才六十六岁，他客死劳改农场。

走出留余堂，看见前面是一弯半月形的池塘，池塘里绣满绿色的浮萍，在阳光的映衬下，绿缎子一样分外明亮。同行的一位朋友开玩笑说：应该把池塘改成三角形。这是想起鲁迅先生当年对张资平的讽刺，以为他的小说等于一个三角形。不知道张老伯听见没听见，他指看水塘对我说：水塘像墨砚。

2011 年 8 月 24 日于北京

佗城遇萧殷

　　到佗城是大中午，南中国的太阳热辣辣的，像顶着大火盆。到镇中心的孔庙参观，回头一眼看见，孔庙的前面是开阔的广场，广场一侧，有一座电影院，顶端写着"佗城电影院"，落款有萧殷的字样。忽然才想到，萧殷就出生在佗城。

　　电影院有年头了。那种山字形马头墙式的牌楼，一下子让我回到二十世纪的五六十年代，那时候，这样的电影院在县城或小镇有很多，一直到上世纪八十年代，我到青海冷湖镇，看到那里的电影院和这里几乎如同一个模子里刻出来的。一问，果然是四十年代的老电影院。新中国成立以后，进行过翻修，一直延续用到现在。前两年扩建孔庙前的广场，要拆这座电影院来着，县委书记来视察，一看电影院的名字是萧殷题写的，要求保留下来。我想，萧殷大概做梦也不会想到，死后多年，自己的名字还能起到这样的作用，居然保住了一座老电影院。

佗城是一座古镇，隶属广东龙川县，地处粤东北，现在依然是经济欠发达的山区。对比风情万种的珠三角，这里质朴得如同素面朝天的村姑。当年，南越王赵佗设龙川县县城就在这里，佗城的"佗"字便来源于他。萧殷出生在这里，在这里的龙川县一中上的中学，当年中学就在古镇的古代考试的试院。在贫寒中读到中学毕业，萧殷在佗城小学教过一段书，一直到二十一岁的时候才离开这里到广州读书。他就是在家乡开始迈出了他的文学创作的脚步。萧殷活了六十八岁，人生的近三分之一时光是在这里度过的。家乡对于他不仅只是一个符号，而是牵枝带蔓，连心连肺的。

听说萧殷的故居还在，我请求能去一看。要说萧殷不仅仅是我的前辈，还曾经是我的同事，他曾经在《人民文学》担任过编辑部主任。虽然，我从未曾与他谋面，但早就听说他不仅仅是一名很优秀的文学评论家，还是一个名副其实的好编辑，不要说如白桦、邵燕祥等很多名家处女作、成名作都出自他手

（粉碎"四人帮"后，他抱病还在关心并成全着当时广东的青年作家陈国凯、吕雷等人），仅看这样两条：来稿必看，来信必复，会让很多如今的编辑汗颜。想到以前曾经出版过《萧殷文学书简》一书，大概远远未能收全他的书信。我私下常常以一位作家通信的多少来判断其为人的心底，乃至可以成为其文学成就的一个鲜明有力的注脚。前辈作家中，鲁迅和孙犁先生，可以说是这方面突出的代表，萧殷秉承着这样的传统。

萧殷是老延安，资格很老，却在 1960 年调回广东。这一举动，和当年艾芜相似，艾芜也是在这相近的年月里要求调回四川老家。这里自然有故土难离的乡情，也有远离那时京城文坛是非动荡之地的心曲。仅从这一点来看，我就对他充满敬意，因为并不是所有人都能做到这样明不规暗，直不辅曲，向往长闲有酒，一溪风月共清明的境界。文坛上，迎风躬逢和追名逐利之徒有的是。

萧殷故居，四周如今热闹如市，当年却是在古镇城外。萧殷在自己的著作中称之为"竹园里"，那时周围一片竹林似海，清风如梦。现在显得有些杂乱，后盖起的房屋参差不齐、高矮不一，密匝匝地包围着萧殷故居。它是一座三层的小楼，外表很像开平或东莞的雕楼，只是腰围小了几号。窄小的窗孔如同梅花炮口，说明当年这里还是偏僻的，要警惕土匪的袭击。沿着颤巍巍的木板楼梯爬上去，小楼早已荒芜如弃园。一楼原来厨房的灶台早已凋败，柴草散落在旧日的回忆里；二楼是萧殷的哥哥住；三楼是萧殷住，每层的开间都不太大，但坚固得很。下楼后才发现，门楣上有赖少其题写的"萧殷故居"的牌匾，由于光线幽暗，不仔细看，根本看不清。

楼前的一座新楼里住着萧殷的嫂子，八十多岁了，身体很硬朗。她的两个儿子正好都在家，老大一口龙川当地浓重的乡音，他告诉我总会有外地人来这里要看萧殷故居，不知要带着人跑多少次，踩得那木楼梯摇摇欲坠快要塌了，然后问我要不要带我去看看。我说我已经看过了，便和这两位萧殷的侄子聊起来。说起萧殷的往事，如同天宝往事一样遥远了。其实，萧殷是 1983 去世的，文坛却如煤层一般，不知不觉之间，已经挖掘断了好几层，一代一代更迭并改写着岁月，模糊并淡忘着记忆。

当晚，住在龙川县城，第二天早晨离开的时候，才知道这里还有一个萧殷公园，请求一定去看看。在我的印象中，似乎除了青岛有一座鲁迅公园，其他地方还没有以作家名字命名的公园。主人说公园正在扩建，是一片工地，那也要去看看。那是城中心的一块三角地，现在要把围墙拆除，让公园露出来。绿意葱葱的榕树、龙柏和桂花树，还有一丛高大粗壮名叫竹拍的翠竹，簇拥着一座雕像的花岗岩底座。清晰地看得见上面有吴有恒撰文、赖少其书写的萧殷生平。赶过来的文化局局长对我说："这是原来公园里萧殷雕像的底座，那座雕像是萧殷的半身石雕，当年请广州一位著名雕塑家雕刻的。现在请不起了，要的价钱太高，只好请我们当地的人雕刻了，是一尊比原来要高大许多的萧殷全身像。然后，在公园的一侧建一排展框长廊，陈列萧殷的著作和生平介绍。"

一个偏远的小镇，一个经济落后的小小县城，居然心存温暖和敬意地保留着一位作家的三处遗迹：他的故居，他题写名字的电影院，以他的名字命名的公园。心里充满感动，为萧殷，也为佗城。

2011 年 7 月 23 日于北京

萧红故居归来

到一个陌生的地方去，与其说是看那个地方的风景，让从未见过的它们闯进你的视野和心里，给你客观的感受；不如说是一种更为主观的心理和思绪乃至精神的东西，作用于你的心里和所看到的风景里。因为来之前你就已经在自己的心里想象着或勾勒着它们的样子了，如果和你想象的差不多或比你想象的要差，肯定索然无味；如果超乎你的想象，让你的想象在扑入你的眼帘的风光中碰得碎蓬纷飞，那才会勾起你的游兴。

从在北大荒插队开始，往来哈尔滨那么多回，竟然没有一次去成萧红故居。其实，它离哈尔滨仅仅三十公里。今年夏天，终于好梦成真，了却了多年的心愿。但是，说心里话，真的去了萧红故居，让我多少有些失落，它和我想象中的萧红故居不大一样，和萧红笔下的故居也不大一样。

它的前院过于轩豁，也过于整齐，汉白玉的萧红塑像，过于俏丽，少了些"身世浮沉雨打萍"的凄清和沧桑。特别是后院，那是萧红在《呼兰河传》中倾注了感情描述过的后院，修剪得像是如今司空见惯的小花园了。那棵在院子西北角的榆树没有了，那棵不开花不结果的樱桃树也没有了，多了一棵沙果树，正结满累累的红白透亮的小果子，硕大的西番莲，也是《呼兰河传》里没有见过的。在《呼兰河传》里被萧红那样富有灵性地描写过的"愿意长多高就长多高，愿意长到天上去，也没有人管"的玉米，也没有了。而"愿意爬上架就爬上架，愿意爬上房就爬上房"的倭瓜，被移植到了前院，像是安排好座位并像我们现在开会摆好座签一样，整齐地种在地垄里面。结出的金黄的倭瓜，都哈着腰沉沉地坠在架子下面，却再也不可能"愿意爬上架就爬上架，愿意爬上房就爬上房"，因为前面根本不靠房子了。

冯歪嘴子的磨坊，被修得格外簇新，我们在修建文物时，似乎缺乏修旧如旧的本事。想想冯歪嘴子那大个子的媳妇带着新生的孩子盖着面袋子睡在这里的凄凉情景，眼下的磨坊像是电影棚里搭的一个景。被萧红曾经那样充满孩子气描写过的黄瓜秧爬满磨坊的门窗，看不见外面的冯歪嘴子还在磨坊里面自说自话的一幕幕情景，只存活在萧红的文字和逝去的岁月里，无法再现今日，因为今日再没有黄瓜秧爬上磨坊的门窗。这时，你只能够感叹文字和岁月的永恒能力，是超越一切现代化的手段的。现代化的手段，可以把房子修建得格外整齐，却只是形似而神不似。堆放在后院后门的落叶，也堆放得那样整齐，像是放学排队回家笔管条直的小学生，没有了后院的蒿草、蓼花和乌鸦的忧邹、凄清和念想。"可惜东园树，无人也作花"，那种自由自在，那种随心所欲，那种生命中真正童年的后院，便只能够在萧红的文字中去追寻了。

> 那园里的蝴蝶、蚂蚱、蜻蜓，也许年年仍旧，也许现在完全荒凉了。小黄瓜、大倭瓜，也许年年地种着，也许现在根本没有了。那早晨的露珠是不是还落在花盆架上，那午间的太阳是不是还照着那大向日葵，那黄昏时候的红霞是不是还会一会工夫变出一匹马来，一会工夫变出一匹狗来，那么变着。这一些我不能想象了。

　　所有的一切都被萧红所言中。萧红家的后院已经不再是原来的样子了。想一想，五十四年前，萧红写《呼兰河传》时的情景，落叶他乡，寒灯孤夜，亡国去如鸿，故园在梦中，那一腔刻骨铭心的怀乡情感，如今多少人还能够记得，又还能够感同身受地理解？面对如今的美女写作、身体写作的迷花醉月，诸多风起云涌的花样变化，同样作为女性作家的萧红，不知该作何等感想。故园的变化，便更是理所当然而不能苛求的事情了。况且，毕竟还是修建了这座故居，让怀念萧红的人有一个迎风怀想的流连之处。

　　也许，更让萧红无法理解，也是难以想象的，是在我们就要离开她的故居时，来了一些警察，故居里很多的工作人员纷纷出来，漂亮的女讲解员也跟着出来，忙成一团。原来是从北京来的一位哪个部的首长要来参观，警察在故居的门前门后忙乎着清理，连门口道路上停放的车辆都要让它们开到别处去，让出路来，花径缘客扫，篷门为君开，一看就知道是习以为常的事情了，人们在熟练地做着这一切。如同萧红研究如今成了显学一样，萧红故居也成了附庸风雅之地。萧红说："这一些我不能想象了。"不知道她所说的"这一些"包括不包括眼下的这一些，只是，真的是不能想象了。

　　走出萧红故居很远了，本想看看到底是哪一位显要人物要来，还非要清场似的不可。等了一会儿，也没有见人影来，倒是先来了一溜儿小汽车占满了并不宽的道路。萧红故居的墙外面摆了一地的西瓜，卖瓜的商贩也是看准了这个地方，可以借助乡亲萧红卖点儿零花钱。

回到哈尔滨，见到原黑龙江作协副主席韩梦杰，是多年的老朋友。阔别多年，相见甚欢。交谈中，他告诉我《北方文学》眼下办刊艰难，已经有八个月发不出工资了。因为刚刚从萧红故居回来，心情本来就有些郁闷，便更加郁闷。如今的萧红已经成了一个符号，装点着门面，为旅游者的一个景点，为附庸风雅者的一个象征。拿死人挣钱，却让活人没钱，这样说，也许是情绪话，但萧红故居和《北方文学》，同样作为黑龙江的文化品牌，冷热不均、旱涝失衡，却是应该正视的现实。心里暗想，萧红要是还活着，不知该如何面对。

2004 年 8 月哈尔滨归来

如何面对梁思成塑像

偌大的北京城，早就应该有不止一尊梁思成的塑像才是。但北京是一座没有什么雕塑传统的城市，拙劣的雕塑败坏着城市的风景，没有像样的，不滥竽充数也是对梁思成的尊敬。如今，在梁思成诞辰一百一十周年和清华百年校庆的日子里，终于，在清华园矗立起他的一尊像样的塑像。无疑，这是对梁先生的一份难得的纪念。

不知道北京人日后该如何面对他的塑像。还有比他对于老北京城的保护更富有远见卓识又一言难尽的纪念意义的人物吗？

　　我想起去年日本奈良也曾经矗立起梁思成的一尊塑像，那是为了纪念他在"二战"期间保护了古都免于轰炸。立在那里，他看见他保护下的一座古都，依然古貌犹存。如今，他立在了清华园里，北京古城近在眼前，他看到的能够是什么呢？

　　1948年的年底，两位解放军带着一张北京城的军用地图，进入清华园，找到梁思成，请梁先生标出重要的古建筑，以避免炮火的轰炸。可是，我们进入需要我们保护的这座城市之后，避免了战火，却未能够避免我们自己的手的毁坏。这实在有些以子之矛攻子之盾的困惑。我们辜负了梁思成的一份拳拳之心。今天，面对他的塑像，我们有勇气和良知回顾历史、面对历史、反思历史而垂下我们的头吗？

　　如果说，我们与1950年梁思成和陈占祥的"梁陈方案"失之交臂是我们幼稚，或者受制于老大哥苏联的影响，我们识不得良玉珍珠，更不懂得珍爱这样的无价之宝。那个关于中央人民政府中心区位置的建议，东起月坛，西至公主坟，北至动物园，南到莲花池。至今水落石出一般，越发清晰地证明是一个多么富有远见的方案。他替我们制定了，替我们规划了，替我们描绘了。我们对他做了什么呢？

　　我们都说，我们错过了整体保护北京旧城的历史机遇。时过境迁之后，我们马后炮一样对于梁思成充满了愧疚，我们把他写成了教材，放进了中学的课本里。但是，我们言行不一，我们继续违背了他曾经为我们描绘过的蓝图。否则，我们无法解释，为什么又开始了新一轮的对老北京旧城的破坏，而允许地产商和推土机在已经残缺不全的旧城肆意地大拆大建呢？如果前者无可追回，但旧城区的大拆大建就是发生在近几年的事情呀。就在眼下，我们一边为全世界独一无二的北京城中轴线申遗，一边正在对中轴线旁边的粉房街和大吉片大动干戈，在中轴线东侧大建一批假景观。不仅北京如此，神州大地，多少古城一样遍地在大拆大建，我们健忘，完全无视了梁思成的存在，他曾经给予过我们的那些振聋发聩的建议和思想。

是的，我们一再背叛梁思成。早在1947年，梁先生就发表了《北平文物必须整理与保护》。新中国成立以后，他也一再陈情相告：北京城的整个形制既是历史上可贵的孤例，又是艺术上的杰作，城内外许多建筑是各个历史的至宝。它们综合起来是一个庞大的"历史艺术陈列馆"。同时，他特别指出，承袭了祖先留下的这一笔古今中外独一无二的遗产，对于保护它的责任，是我们这一代人绝不能推诿的。他还强调地告诉我们：北京旧城区保留着中国古代规制，具有都市规划的完整艺术实物。这个特征在世界上是罕见无比的，需要保护好这一文物环境。

半个多世纪过去了，我们真正认知了他的这一思想了吗？传承下他对于北京古城的这一份情感了吗？我们是把这座城市，真的当成了"孤例""杰作""至宝"和"历史艺术陈列馆"来对待了吗？是把旧城区看作了"完整艺术实物"，是"世界上罕见无比"的，需要把它当作"文物环境"一样保护了吗？如果我们不是仅仅把它当作一种修辞，当作一层粉底霜，而是真的这样认同的话，为什么让北京旧城越来越多地出现了一片瓦砾，代之而起的是一片商业楼盘？那么，我们对于他所说的保护这座城市不可推诿的责任，又尽到了多少呢？

建起一座塑像是容易的，检点我们自己，反思我们自己，并不那么容易。我们拥有过一座美丽的古都，我们拥有过一位为我们这座古都审视并规划了未来的远见者和思想者，我们的自以为是让我们都没有懂得珍惜。在这样的时候，清华园矗立起他的塑像，或许带有一丝悲剧的意味。当然，也可以这样说，是有意地再一次提醒我们，保护这座古都刻不容缓，责任依然不可推诿。我们需要纪念他的塑像，更需要纪念他的行动。

2011 年 4 月 19 日写于北京

吴小如和德彪西

读吴小如先生的学生编写的《学者吴小如》一书，最过目难忘的是小如先生的冰雪精神、赤子之心。特别提及其少作对名家以及他的老师的评点，直言不讳，率真而激扬，真是令人格外感喟。因为面对今日文坛红包派发、商业操作的见多不怪的吹捧文章，这样的文字，几成绝响。

看他批评钱钟书"一向就好炫才"，说钱虽才气为多数人望尘莫及，但给读者"最深的印象却是'虚矫'和'狂傲'"。他批评萧乾的《人生采访》文字修饰功夫"总嫌他不够扎实"。

他批评师陀的《果园城》"精神变了质"："失败的症结不在于讽刺或谴责，而在于过分夸张——讽刺成了谩骂，谴责成了攻讦。"他批评巴金的《还魂草》拖泥带水，牵强生硬，"一百多页的文字终难免有铺陈敷衍之嫌"。

就是自己的老师，他的批评一样不留情面，敢于指手画脚。比如对沈从文的《湘西》等篇，他说道："格局狭隘一点，气象不够巍峨。""作者的笔总还及不上柳子厚的山水记那样遒劲，更无论格古情新的《水经注》了。"对于废名，他直陈不喜欢《桃园》，因为"没有把道载好"，"即以'道'的本身论，也单纯得那么脆弱，非'浅'即'俗'。"

这让我禁不住想起法国音乐家德彪西。今年，是小如先生九十岁寿，是德彪西诞辰一百五十周年。两位年龄相差整六十岁一个甲子的人，直率的性格以及对待艺术的态度，竟然如出一辙，遥相呼应一般，相似得互为镜像。

年轻时的德彪西，一样地"指点江山，激扬文字，粪土当年万户侯"。他说贝多芬的音乐只是"黑加白的配方"；莫扎特只是"可以偶尔一听的古董"；他说勃拉姆斯"太弥旧，毫无新意"；说柴可夫斯基的"伤感太幼稚浅薄"；而在他前面曾经辉煌一世的瓦格纳，他认为不过是"多色油灰的匀匀涂抹"，嘲讽他的音乐"犹如披着沉重的铁甲迈着一摇一摆的鹅步"；

而在他之后的理查·施特劳斯，他则认为是"逼真自然主义的庸俗模仿"；比他年长几岁的格里格，他更是不屑一顾地讥讽格里格的音乐纤弱，不过是"塞进雪花粉红色的甜品"……他口出狂言，雨打芭蕉，几乎横扫一大片，肆意地颠覆着以往的一切，他甚至这样口出狂言道："贝多芬之后的交响曲，未免都是多此一举。""过去的尘土是不那么受人尊重的！"

有意思的是，无论小如先生，还是德彪西，这样直率甚至尖刻的批评，当时并没有惹得那些已经逝去的大师的拥趸者和依然健在被批评者的火冒三丈，或是急不可耐地反批评，或者带有嘲笑的口吻说其"愤青"一言以蔽之。这种对于年轻人的宽容，既体现了那些学人作家与艺术家的宅心宽厚，也说明了那时的文化氛围，如当时的大气与河流少受污染。这是一种文化的生态环境，在这样的环境中，作家、艺术家与批评家，"万类霜天竞自由"，才能够一起相得益彰地成长。

于是，就像小如先生年轻时以那样对前辈与老师直率的批评和对艺术与学问的真诚态度，步入他以后长达半个多世纪之久的学问之门，德彪西也是这样，打着"印象派"大旗，以其革新的精神，创造了欧洲以往从来没有属于他自己的音乐语言。在他三十二岁时创作出《牧神午后》时，法国当代著名作曲家皮埃尔·布列兹（P. Boulez），就曾经高度评价并预示：

"正像现代诗歌无疑扎根于波特莱尔的一些诗歌，现代音乐是被德彪西的《牧神的午后》唤醒的。"

说起那些少作，小如先生说自己是"天真淳朴的锐气"。燕祥说他是"世故不多，历来如此。"天真和世故，是人生与学问坐标系中对应的两极。玄想，这应该就是小如先生的老师朱自清所说过的那种"没有层叠的历史所造成的单纯"吧？学者也好，文人也罢，如今这种单纯已经越发稀薄，而世故却随历史的层叠尘埋网封，如老茧日渐磨厚磨钝。自然，如小如先生和德彪西年轻时的那种"天真淳朴的锐气"，也就早已经刀枪入库，只成了可以迎风怀想的老照片。

但是，我一直以为，小如先生也好，德彪西也罢，他们年轻时的那种"天真淳朴的锐气"，其实更是一种如今文坛和学界所匮乏的精神。有了这种精神存在，文人之文，学者之学，才有筋骨，也才有世俗所遮蔽下独出机杼的发现和富于活力的发展。

小如先生曾经说过这样一段话："再有些人，虽说一知半解，却抱了收藏名人字画的态度，对学问和艺术，总是欠郑重或忠实。"对于今天的学术、艺术，或作家与作品，这段话依然有警醒的意义。对待上述的一切，我们很多时候确实是"抱着收藏名人字画的态度"，有些谦卑，有些妄想，有些世故，有些揣在自己心里的小九九，便有些欲言又止，有些顾左右而言他，有些违心的过年话，有些成心的奉承话，甚至有些膝盖发软，有些仰人鼻息，只是没有一点儿脸红。

2011 年 7 月 27 日于北京

残年犹读细字书

　　我是今天才从报纸上看到洁泯先生逝世的消息。就在上个月，我碰到一位朋友，他对我说洁泯先生身体不好，准备过几天去看望他。我说洁泯先生是好人，经历文坛的事多，学问又好。谁想到，这才几日，洁泯先生竟然和我们天地两隔。他是11月13日去世的，那时，我正参加文代会，许多文人正聚在一起热闹着，他寂寞地逝去了。

　　今年，洁泯先生八十五岁。他是前辈，按说是轮不到我写祭文的，因为我毕竟并不十分了解他，与他交往也不多。我只是怀着景仰的心情，一直远远地观望着。他如一座云雾中的山，沧桑而苍茫地从历史中走来，让我总涌出这样一种感觉："始知五岳外，别有他山尊。"

大约在 1987 年，那时候我写了一部长篇小说《早恋》，因为涉及中学生的恋爱，引起一些人的不满和批评，甚至书稿发到印刷厂而被撤版，险些没能够出版。那时候，人们的心理就是这样保守，时代的发展总有个春秋代序。那时候，我没有想到，第一位给予我支持的是洁泯先生，他首先在《文汇报》上发表文章，对《早恋》进行评论和表扬，打破了那时的僵局，不仅给予我，同时给予出版社以强有力的鼓励。

那时候，我还没有见过他的面，但在心里很是感念。几年以后，他又写过文章，再次提及《早恋》，他说："肖复兴的创作，从《早恋》到最近的《戏剧人生》，都是写学生的，对中学生和大学生的生活流向，他们的心态变化，他几乎了如指掌。在青年读者中，他的作品是极受欢迎的。我虽然年纪已老，也一样喜欢他的书，他小说中的文义，可以唤起老年人对青春的向往与赞美。捷克作家昆德拉认为青春'是超越任何具体年龄的一种价值。这个思想用恰当的诗表现出来，成功地达到了一个双重目的：他既恭维了年轻人，又神奇地抹掉了年长者的皱纹，使他成了一个与青年男女同等的人'。我十分激赏这段话，因而我认为，肖复兴虽致力于写青少年，但他的小说又为年长者所同享。"我始终不敢忘怀这些话，我知道，这是一位长者对晚辈的鼓励、教诲和希望。我常常拿他的话鼓励自己，让自己写得更有进步一些，不辜负他的期待。

1993 年的夏天，洁泯先生给我打来一个电话，他要为出版社编一套"当代世相"的丛书，他看到我在报端上发表的一些文章，觉得合适，希望我能够加盟编一本。我非常高兴和感动，高兴我的文字还能够走进他的视野，感动他还在关注我的写作。他约我见面详谈，我说去您家拜访吧，他说我家太远，就到我的办公室吧，我虽然退休了，但社科院还给我留了一间办公室。那天，我去社科院找到他的办公室（小得出乎我的意料，摆满的书籍让屋子更加地逼仄），他早早在那里等着我了，他就是这样一个蔼蔼长者，总是那样地平易近人。说实在的，虽然我已经出过一些书，但为他编一本，心里有些惴惴，毕竟他是有名的评论家，见多识广，怕难入法眼。他却一如既往地鼓励我说，他看到我最近写的一些文章，是在现实生活中观察和思索之后而写的社会百态，正符合他编的那套书的要求。正是在他的鼓励下，这本《都市走笔》的书得以出版，他还特意为我的这本书写了序言。这是我专门请求他写下的，我从不为自己的书请人写序，除梅朵先生为我的《生当作人杰》写过序外，这是唯一的一次，因为我敬重他，并始终感念于他。

我很少能够见到他，我相信君子之交淡如水的古训，文坛毕竟不是闹哄哄的大卖场。每年的春节前夕，我只是寄一张贺卡给他，表示我的敬意与祝福。我知道他的身体越来越不好，但每一次他收到贺卡总要回寄一张贺卡给我。前两年的春节前，他寄来一张红色贺卡，在贺卡上密密麻麻写了前后两页，知道他的身体不好，心情也不好。他说："我这几年身体走下坡路，肠癌开刀，留下了大便难以控制的后遗症。我的青光眼已转入恶化，成了视神经萎缩，视力只有零点一，读书写字俱废，报纸也少看，写东西极少。"但在如此视力的情况下，他还说："我时常读到莫名的文章，关于音乐方面的，读了尤其钦佩。"还是一如既往地给予我鼓励。想想一个年过八旬的老人，身体那样差，视力那样差，还能够读能够写，心里真的很感动，忍不住想起放翁的诗句："岂知鹤发残年叟，犹读蝇头细字书。"对于文坛，他似乎不像有些人那样昂扬，而是颇为悲观："现在文艺界似乎很萧索，出的东西不少，有影响的似乎不多，这十多年，也不见有什么大手笔问世。"去年春节前夕，他在贺卡上写的，似乎心情略好些，他这样写道："收到贺卡，至为感谢。多年来我目疾恶化，生活进入半自理状态，但心情尚好。祝您写作丰收，工作有新成就。还有身体健康最要紧。"想到一个身体状态那样差的八旬老人，还要亲自走到邮局去寄信，我的心里充满无法言说的感动。但是，那时候，我没有仔细注意他一再嘱咐我要注意身体，无法体会到其实那时候他的身体已经每况愈下，一个垂垂老人对于生命和生活还有文学的渴望和无奈。

我只是把我这样一个普通的作者和晚辈感受到的洁泯先生的点滴写出来，表达我的一份怀念的心情。我相信如我一样曾经受到过他的关怀和鼓励的人会有很多，我所写下的不过只是其中的一滴水。

又快要到年底了，我只是不知道今年的春节前夕，一张贺卡该寄往哪里？而我也再无法收到先生的贺卡了。

2006 年 11 月 23 日写于北京

他将长生草留给水

今天，看到樊发稼先生的信，才知道郭风先生去世的消息，1月3日，就在两天前。1月29日，就是先生九十二岁的生日，按理说，应该算是喜丧，心里还是充满着悲伤。

1月3日，北京下了一天一夜的大雪，是北京六十年的历史中从来没有过的大雪。就像三十二年前先生在他的那篇曾经被选入小学语文课本的代表作《松坊溪的冬天》里写过的雪，"像柳絮一样的雪，像芦花一样的雪，像蒲公英的带绒毛的种子在风中飞的雪"。没有想到，先生就在这样的大雪中走了。

三十二年前，先生说他看到了一个"发亮的白雪世界"在这个世界里，他看见了一群彩色的溪鱼。真的希望，先生离开我们到的那个世界里，还能够看到一个"发亮的白雪世界"和一群彩色的溪鱼。先生一辈子都是用童话般的眼睛看待生活和世界的，他一定会看到这样的情景的。

发稼先生说"郭风先生是他敬重的前辈作家"，这正是我要说的话。往事如水，岁月如风，很多回忆一下子拥挤在脑海里。论年头，我和郭风先生交往不是最长的，也不敢说读他作品是最早的，却也颇有些年头了。

1962 年，我读初中二年级。在当时的北京东安市场的旧书店，我买了郭风先生的《叶笛集》。这本散文诗集，收录的是郭风先生 1957 年冬天到 1958 年夏天写下的作品。当时，我仅仅花了一角钱。

我很喜欢书中描写的红色的香蕉花、米黄色的荔枝花和月白色的橘子花，以及那"美丽的好像开花的土地"的榕树，"腊月里蜜蜂还出来采蜜的"的故乡。我还曾经抄过、背过书里面那些散发着豆蔻香味一样的散文诗句："雨点敲打着远处一大群一大群相互依偎的绵羊似的荔枝林，那林梢仿佛在冒着白色的烟雾。""云絮浮在空中，好像一只蓝酒杯中泛起的泡沫。太阳挂在空中，好像一朵发光的向日葵。""明媚得好像成熟麦穗的天空"……

　　心想，只有拥有童心的人，才会有这样"鱼鸟皆遂性，草木自吹香"的心性，才会在笔下流淌出这样新颖而明朗的语言，才会像小孩子的心思一样充满奇思妙想，把荔枝林比作相互依偎的绵羊，把云絮比作蓝酒杯中的泡沫，把天空比喻成熟的麦穗。那样地透明、清澈。当时让我的心里充满花开一般的向往，如今遥远得犹如一个梦，一个怅然的梦。

　　我从来没有想到会有一天能够遇见这本书的作者郭风先生。即使以后曾经多次到过福州，曾经到过郭风先生住过的黄巷老街徜徉，但我从没想要打搅先生，我一直以为真正喜欢一位作家，就老老实实买他的书，读他的作品。

　　十八年前，也就是 1992 年 4 月，我再次来到福州，我的朋友当时福建作协的秘书长朱谷忠，来我住的于山宾馆，接我去和当地的文学爱好者座谈，一边注外走，他一边对我说："郭风先生也来了。"我的心里一动，怎么这么巧，想见的人就在眼前了。这时，已经看见一个精神矍铄的老人正站在四月龙眼花开的树下，我紧跑几步，向他跑了过去，蹦在脑海里的第一个镜头就是那本《叶笛集》，便先忍不住对他讲起了三十年前我花一角钱买过的那本《叶笛集》。他微微地笑着，望着我，和蔼地听我说着。

如今，虽然已经过去了四十八个年头，这本《叶笛集》现在还保存在我的书架上，伸手就可以摸到，常常还会拿过来翻开。就像一位老朋友，相逢的时刻和回忆的味道，总是交织一起。

今天，写这则文字的时候，书就在身边，我再一次拿过来翻看的时候，才发现一本书对于一个人成长的作用和分量。虽然这只是一本仅仅有九十三页薄薄的小书。

我曾经把它带到插队的北大荒，很多同学都借去看过。当时，书放在荒原上的马架子里藏着，纸页已经被北大荒的雨水浸蚀得发黄，骑马订脱落，封面被我用胶条粘着。动荡的生涯中，几经迁徙，许多书都丢失了，这本《叶笛集》却从北京到北大荒，又从北大荒到北京，还有多次的搬家，竟然奇迹般地保留下来。我知道，人的一辈子，像会遇见过许多人一样，也会买过并读过许多的书，但真正能够在四十八年漫长的岁月里一直保留在你身边的，正如你不会太多地记住曾经见过的那些过眼烟云的人一样，也并不会太多。

我格外珍惜这本《叶笛集》。看到它，我就会想起我的学生时代，想起我在北大荒，更会想起郭风先生。

想起郭风先生，有这样两件事情，拔出了萝卜带出泥一般，不由自主地跳了出来。

一件是第一次见到他时，在和文学爱好者的座谈会上他讲的话，给我的印象很深。其实，那一次，他一共就讲了两句话，一句是"我出了三十几本书，没有一本满意的，到了老年才好像刚刚进了门。"一句是"作家的自我感觉不要太良好，应该总像失恋一样，心里总有些怅惘。"他不是一个善于讲话的人，因此不像有的作家能够舌灿如莲，但他讲得很真诚，他的这些言简意赅的话，对于今天仍然有着警醒的意义。

另一件事情，是前几年我在信中向他询问法国象征派诗人果尔蒙的《西茉纳集》，我没有读过，知道先生年轻时就喜欢这位诗人，便向他讨教。没想到很快我就收到先生复印的厚厚一大摞《西茉纳集》，是戴望舒翻译的。想想他那样大年纪跑去为我复印，并替我邮寄，让我感动的同时，也真是感到不安。

> 西茉纳，太阳含笑在冬青树叶上，
>
> 四月已回来和我们游戏了，
>
> 他将长生草留给水，
>
> 又将石楠花留给树木，
>
> 在枝干生长的地方……

　　想起这样的诗句，是因为我想起了那年的四月第一次见到郭风先生的情景。他将长生草留给水，又将石楠花留给树木，多么美的诗句。如今，郭风先生已经离开我们了，忍不住想起了《叶笛集》，想起这些往事，想起先生那如圣诞老人一样慈祥的面容。

　　他将长生草留给水，又将石楠花留给树木，他将岁月留给了他的文字。

2010 年 1 月 5 日夜于北京

初春的思念

今天中午，电话铃声响了。是胡昭先生的女儿婷婷从长春打来的，告诉我她父亲昨天中午在医院里因心脏病突然逝去。我一时没有反应过来，因为就在前不久，我还和胡昭先生通过信，没有一点儿征兆。那是他刚刚学会使用电脑，通过电脑发给我的第一封信，竟也是最后一封信。我一下子哽咽了，无声却泪如雨下，本应该是我劝慰婷婷的，却让她劝起我来。

放下电话，我依然不能自已。自从母亲去世，我再没有这样伤心地哭过。胡昭先生的逝去，让我是这样地猝不及防。作为长辈，他给予我的关怀，总让我想起自己的亲人，有时会想就是亲人，又怎样呢？现在想起这样的感觉，还让我感到一种难得的温暖，一切都好像还在眼前发生着。

细细一想，我和胡昭先生交往并不深，只是属于那种君子之交，淡如水，却也清澈如水。而胡昭先生给我留下的总体印象，就是"清澈"——这也是他在 1973 年写的一首诗的名字。虽然，作为新中国的第一代诗人，二十二岁就出版了他的第一本诗集《光荣的星云》，他度过了整整二十年右派的不公正生涯，又经历了妻子死在"文化大革命"中的悲惨遭遇，但是，他的文品与人品、心地和胸襟，总还保持着难得的那种清澈，用老诗人吕剑先生的话，是"单纯而明净"，"把心境和盘托出"，那是对他诗的评论，也是对他人的概括。

十年前，我们开始通信，通信的原因很简单，按照胡昭先生的话是以文会友，其实是他偶然间读到我写的东西，给予我长辈的鼓励。没错，他是我的长辈，1947 年他参军的时候，我才出生。我只是在上中学的时候曾经在《人民文学》杂志上读过他写的诗，我以为他是一个很老的诗人，从来没有想到过有一天能够和他相逢。世上的事情有时候就是这样奇特，文学就像是海，纵使他站在海的那一边，你站在这一边，相隔遥远，海水是相通的，只要你站在水里面，水就从他那边淌来，从你的心头湿润地流过了。

我们通了整整十年的信，而且我相信如果不是胡昭先生的突然逝世，我们的信还会通下去。在这十年中间，我们只见过两次面，一次是他来北京参加文讲所即现在的鲁迅文学院成立四十五周年的活动，他是文讲所的第一期的学员，他老伴陪着他，我去看望他们，一起吃了顿饭；一次是我们一起去石家庄参加一次签名售书活动。除了这样两次见面的机会，我们只是通信，是那种真正的笔墨方式，而不是现在的电脑邮箱里的电子信件或手机短信，那是文人之间最常见的也是最古老的方式。我们在文学上所有的了解和理解，在心灵上所有的碰撞和沟通，对文坛况味和世事沧桑所有的感喟和诉说，都是通过这样的信笺传递。

当然，信笺传递的更多是胡昭先生对我的关心。1995 年，我要调到中国作协工作的时候，他就来信以他自己在作协工作多年的亲身体会提醒我告诫我。2002 年，我的儿子出国读研，他又写信关照提醒孩子。就在今年的春节之前，他只是从电视里看见我一晃而过的镜头，觉得我好像有心事，就让他的儿子冬林到北京领奖的时候打电话特意关心我，没过两天，又特别写来一封叮嘱的信。他写信从来都是用毛笔写，看那墨汁淋漓的信，我觉得他的身体还不错。在信的末尾，他还让我把网址告诉他，他要通过网上和我通信，会更快更方便。我写信告诉他我的网址，他很快就发来了 E-mail，不仅关心我，而且关心远隔重洋的我的孩子。现在，我知道了，那是在他病重的时候啊，是在他生命的最后时刻啊，只有自己的亲人才会对你这样呀！

窗外，初春的阳光那样地好，他却不在了，一个那样慈祥温暖的老人不在了。

我想起胡昭先生 1990 年写给一位逝世诗人的悼诗："也许你躲到什么地方埋头著述去了，不久就会又捧出一部充满活力的新诗。"

我想起胡昭先生 1978 年悼念他的亡妻的诗："话儿挤在嘴边连不成句，我只能把一捧散碎的泪花捧献给你。"

2004 年 2 月 16 日匆匆于北京

君子一生总是诗

到美国一个多月，国内文坛的消息闭塞，一直到昨天才听说韩少华去世了。看他走的那天，是 4 月 7 日，恰是我乘飞机离开北京的日子，真的是莫名其妙的巧合，心里不觉暗惊，眼前浮现出少华那温柔敦厚的身影和他的夫人冯玉英大姐，还有他的女儿韩晓征。那是一家多么好的人。

少华年长我十四岁，我却一直叫他少华，总觉得这样叫亲切。他没有架子，是那种纯正古典派的文人，对于我，他亦师、亦兄、亦友，我们是君子之交，清淡如水，却也清澈如水。

　　我和少华于二十世纪八十年代相识，但他的名字我早就熟悉。大约是 1962 年或者是 1963 年，我买了一本由周立波主编的那年的散文特写选，里面选有韩少华的散文《序曲》。和如今几乎泛滥的年选本大不一样，那时候编选认真，而且编选者写了认真读后的序言。周立波写下的长篇序言中，特别提到了《序曲》，给予了热情的赞扬和希望。我记住了韩少华这个名字，以后，他所有的散文我都看过。

　　那时候，我读初三和高一。在描写校园生活的散文中，我喜欢两个人，一个是李冠军，一个便是韩少华。我买了李冠军的散文集《迟归》，整篇整篇抄下了韩少华的《序曲》《花的随笔》《第一课》，每篇散文的题目，都特意用红笔写成美术字。至今还清晰地记得，《序曲》里那个演出前对镜理装心情紧张的舞蹈少女和那位为少女描眉慈爱的老院长；记得序曲响起，大幕拉开，少女以轻盈的舞步迈进了芬芳的月色中的情景，有些如梦如幻。那时候，我迷上了散文，自觉和当时一些散文名家的写作姿态不大一样，他似乎更重视散文的意境，更仔细经营散文的叙事而多于那时常见的抒情和结尾的升华。他几乎都是用富于诗意的笔触，细腻而温馨地书写生活和情感，心里猜想这样的一个人是什么样子的呢？

　　第一次见到他的时候，比我想象中的要高大和英俊。那时候，他已经稍稍发胖。如果在他写《序曲》的风华正茂的年代，应该更是仪态万千。他能唱单弦和大鼓书，我和他一起开过几次会，听过他的发言，我从来没有听过一个作家的发言如他这样，水银泻地，一气呵成，仿佛是对着讲稿一字不错地朗读，不带一个多余的字，充满韵律和感情，还有内在的逻辑。这是他多年教师生涯的锤炼，也是他才华横溢的表征。我曾对他说，你的发言不用修改就是一篇稿子。他笑笑摆手。我心想，如果站在舞台上，他就像濮存昕；在讲台上这样漂亮地讲述，只有我们汇文中学的特级数学老师阎述诗（歌曲《五月的鲜花》的作曲者，和少华一样才华横溢），和他为并蒂莲。

忘记了什么时候，我曾经对他讲起我中学这段学习经历。他认真地听我讲完，笑着对我说那都应该感谢袁鹰和周立波当时对我的扶植和鼓励。然后，他告诉我李冠军是他北京二中的同学，后来到天津当中学老师。接着说，在二中教书的时候曾经收到他寄来的《迟归》，可惜英年早逝。讲完，少华和我都替李冠军惋惜。我一直惊讶二中曾经涌现出那样多的作家，其中在二十世纪六十年代校园散文创作中我最喜欢的两个人，竟然同出一门，便一直猜想这样两位才子是如何惺惺相惜，又是如何彼此砥砺的。

1990年年底，有出版社愿意出版我的报告文学选集。我二十世纪七十年代末写报告文学，到了八十年末就洗手不干了，居然还有出版社愿意为我过去这十年的报告文学结集出版，对我自然是鼓励。我想得认真对待，便在一次开会的空隙找到少华说起了这事，他替我高兴，说好啊，你应该有一本完整的报告文学选集了。他就是这样一个敦厚的人，没有文人相轻的旧习气或针鼻儿大的小心眼儿，真心替朋友高兴，如同待他自己的事情一样，特别是对待晚辈，他有真正长兄的气质和心地。我想请他为我的这本书写序，他一口答应下来，说你先编，我一定认真拜读，好好写这篇序，和你一起总结这十年。谁知道，第二年，少华外出讲课归来的途中，在火车上中风，一病不起。

记得那时候，我的好友赵丽宏正从上海来北京开会，我们两人相约一起去新源里少华家看望他。病来如山倒，看到那么一个风流倜傥的人突然倒下，我的心里非常不好受。从他家出来，冷风扑面，我和丽宏都很难过，彼此久久没有说话。

我听说，这突然一病，需要用的一些药不能报销，少华的经济有些拘谨，心情也受些影响，便给当时中华文学基金会的会长张锲写了封信，我知道他们基金会那里有一笔钱，专门帮助作家用的，我希望他能够伸出援手，雪里送炭。没几天，张锲给我回了信，告诉我他已经派人去了少华家，给予了一些帮助。但是，我心里清楚，这只是杯水车薪，是精神大于物质的帮助。我知道，少华为人低调，蜗居一隅，羞于名利，无意争春，只希望能够写东西，写作是他生命存在的方式。我常常想起少华曾经写过的文章，他说新中国成立以后散文的兴旺有两个时期，一是新中国成立初期，一是六十年代初期。他没有想到，在他病倒后不久，即二十世纪九十年代后期一直到新世纪初，散文的兴旺远超过前两次。少华病得真不是时候，才五十八岁，正值壮年，正是可以大展才华的时候，在散文领域里，他绝对是独树一帜而不可或缺的一家。而且，我心里一直悄悄在说，散文的稿费，特别是报纸的稿费，也大大高于以前，起码少华的经济可以更好些。

文坛是个名利场，也是个势利场。都说久病床前无孝子，其实，久病床前车马稀，是世态炎凉和人生况味的凹凸镜。不少文人趋于争官争名争利，不少媒体热衷有新闻价值的新人，而领导们即使偶尔关心作家，也只是关心那些年龄老的或头衔带长的，无意冷落于久病病床前的少华，是再正常不过的事情。少华只是一名老师，一官莫名；而年龄处于夹心层；他上下够不着。虽然后来在《人民日报》《中华读书报》《北京晚报》等报刊上读到少华用左手艰难写出的新作，我替他高兴的同时，知道他的内心一定是寂寞的，是不甘的。我更知道，他心里还装着多少东西没有来得及写而且那么地想写呀！

我一直为少华不平，我以为对少华的文学成就一直没有认真地评价和总结。在延续上一个时代（即二十世纪六十年代）和下一个时代（即新时期之后）的散文创作中，少华所起到的衔接、传承和发展的作用，无人可以企及；特别是在散文创作关于情与思、形与神、诗与文、史与今、浪漫情怀和现实精神等方面，少华都做出了富于前瞻性的努力和探索。

四年前，也是在美国，我在芝加哥大学的图书馆里借到少华写的中篇小说《少管家前传》。以前，我读过他的小说《红靛颏儿》，听他说过这篇，一直没有读过，正好补了课。读后，我非常兴奋，觉得这是少华多年心底的积累，将会是一本写老北京生活的大书。既然有了"前传"，必应有"正传"和"后传"才是。在写老北京生活的小说中，我还从来没有看过写得这样讲究的，每个人物、每个情节、每个细节、每个场景、每句语言……严丝合缝，由径回环，气象万千。都说少华散文写得好，其实他的小说写得同样漂亮呀。当时，我抄了好多笔记，准备回北京和少华好好探讨一番，甚至想即使他再无法动笔写这鸿篇巨制，可以让女儿晓征帮忙，一起完成。可是，回到北京不久，我腰伤住院半年，出院后总觉得时间还有，也是人懒心懒，把事情拖了下来，便也失去了和少华交流的最后机会。

我想起了少华刚刚搬到崇文区（现为东城区）四块玉的时候，在四块玉街口和他巧遇，因为那里离天坛东门不远。他的夫人冯大姐推着轮椅正要带他去天坛，我对他说搬到这里好，离着天坛近，可以天天来天坛呼吸呼吸新鲜空气。那天是个黄昏，望着冯大姐推着轮椅走进夕阳的影子里，心里一阵发酸，然后漾起感动和感慨。想想少华一病近二十年，都是冯大姐精心照料，事无巨细，所有的苦楚，都悄悄咽进她自己的肚子里。如果没有冯大姐的陪伴，简直无法想象。少华真的好福气。或者说，好人必有好报吧。

记得少华曾经写过一篇《君子兰》的散文，他实际写的是对君子的礼赞和向往，他把君子怀德、君子喻于义、君子不忧不惧，称为"君子之风"。如今，不要说文坛，整个社会"君子之风"都稀薄得可以了，便让我越发怀念君子少华。

手头没有别的资料，只有两本台湾版的《读杜心解》，便仿老杜之句，写了一首打油，遥寄我对少华迟到的怀念——

> 病来霜落发如丝，到老少华是我师。
>
> 万里悲伤难追日，百年沧桑却逢时。
>
> 无痕秋水犹能忘，有伴春山岂可思。
>
> 自古文人多寂寞，一生君子总为诗。

2010 年 5 月 28 改毕于美国新泽西

冬夜重读史铁生

史铁生是去年年底离开我们的。今年这个时候，我的弟弟离开了我。在这种时候，别的书都看不下去，唯有铁生的书常常忍不住地翻看。我是把他们都当作自己的兄弟，十指连心的疼痛，弥漫在纸页间。

在《我与地坛》的开篇中，铁生先是这样写了一段地坛的景物："四百多年里，它一面剥蚀了古殿檐头浮夸的琉璃，淡褪了门壁上炫耀的朱红，坍圮了一段段高墙又散落了玉砌雕栏，祭坛四周的老柏树愈见苍幽，到处的野草荒藤也都茂盛得自在坦荡。"然后，他紧接着说："这时候想必是我该来了。"

他来了。他去了，又来了。每一次读到这里，我都格外地心动。总觉得像电影一样，在地坛颓败而静谧的空镜头之后，他摇着轮椅出场了。或者，恰如定音鼓响彻在寂静的地坛古园里一样，将悠扬的回音荡漾在我的心里，注定了他与地坛命中契合难舍的关系。当代作家中，哪一位有如此一个和自己撕心裂肺、打断了骨头连着筋的特定场景，从而使得一个普通的场景具有了文学和人生超拔的意义，而成了一个独特的意象？就像陆放翁的沈园，就像鲁迅的百草园，就像约翰·列侬的草莓园，就像梵高的阿尔？

我想起我的弟弟，十七岁独自去了青海油田，在他临终前嘱咐家人一定要把他的骨灰撒在柴达木。我庆幸，他和铁生一样都能魂归其所，而不像我们很多人神不守舍，魂无所依。

在史铁生的作品里，母亲是一个最动人和感人的形象。母亲四十九岁的时候过早地离开了人世后，在《我与地坛》中，有这样两段描写。

一段是——

　　摇着轮椅在园中慢慢走，又是雾罩的清晨，又是骄阳高照的白昼，我只想着一件事：母亲已经不在了。在老柏树旁停下，在草地上在颓墙边停下，又是处处虫鸣的午后，又是鸟儿归巢的傍晚，我心里只默念着一句话：可是母亲已经不在了。把椅背放倒，躺下，似睡非睡挨到日没，坐起来，心神恍惚，呆呆地直坐到古祭坛上落满黑暗然后再渐渐浮起月光，心里才有点儿明白：母亲已经不能再来这园中找我了。

一段是——

有一年，十月的风又翻动起安详的落叶，我在园中读书，听见两个散步的老人说："没想到这园子有这么大。"我放下书，想，这么大一座园子，要在其中找到他的儿子，母亲走过了多少焦灼的路？多年来我头一次意识到，这园中不单是处处有过我的车辙，有过我车辙的地方也都有过母亲的脚印。

后一段，体现了铁生的心地的敏感，从两个散步老人的一句简单而普通的话语里，涌出对母亲由衷的感恩和悔恨之情。敏感的前提，是善感。也就是说，海绵才有可能吸附水分，水泥板花岗岩，哪怕是再华丽的水磨石方砖，是无法吸附水分的，而只能让哪怕再晶莹剔透的水珠凭空流逝。缺乏这样善感的心地与真情，使得不少写作成为搭积木和变魔术的技术活儿，或者化装舞会上和摆满座签的领奖席上花红柳绿的邀宠或争宠般的热闹。

前一段，排比句式的景物中几次慨叹"可是母亲已经不在了"，都会让我心沉重。在这样重复的喟然长叹中，那些景物：老柏树、草地的颓墙、虫鸣的午后、鸟儿归巢的傍晚，以及古祭坛上的黑暗与月光，才一一都有了意义，这意义便是这一切附着上母亲的身影。因此，可以说，地坛是史铁生的，也是母亲的，因有这样的一位母亲而让地坛具有带有伤感无奈却又坚韧伟大的别样情怀。

每次读到这里，我都会忍不住想起铁生在他的《记忆与印象》中的"一个人形空白"里的一段："我双腿瘫痪后悄悄地学写作，母亲知道了，跟我说：她年轻时的理想也是写作。这样说时，我见她脸上的笑……那样惭愧地张望四周，看窗上的夕阳，看院中的老海棠树。但老海棠树已经枯死，枝干上爬满豆蔓，开着单薄的豆花。"

如今，重读这一段，我想起铁生，也想起他的母亲，窗上的夕阳，枯死的老海棠树，老海棠树枝干上爬满的豆蔓，开着单薄的豆花，便一下子都成了母亲那一刻百感交集又无法诉说的心情与感情的对应物，好像它们就是为了衬托母亲的心情与感情，故意立在院子里，帮助铁生点石成金。这是怎样的一位母亲呀，可以这样说，是母亲的悲惨命运和与生俱来的气质与情怀，造就了作家的史铁生。我坚定地认为，没有母亲，便没有史铁生的地坛。

忍不住，也想起我的母亲。母亲走得太早，那一年，我五岁，而弟弟才两岁。穿着孝服，我牵着弟弟的手站在院子里，院子里没有海棠树，没有豆蔓和豆花，只有一株老槐树落满一地槐花如雪。

由生活具象而思考为带有哲理性的抽象，是铁生愿意做的，也是铁生作品的魅力，更是和我们一般写作者的区别，如同真正的大海一步迈过了貌似精致却雕琢的蘑菇泳池。他便从一己的命运扩大为更为轩豁的世界，而使得他的作品融有了思想的含量，不像我们的一样轻飘飘、甜腻腻，或皮相得花里胡哨。他爱说人间戏剧，而不是像我们那样自恋得只会舐自己的尾巴、弄自己的发型、扭自己的腰身和新书的腰封。

在《想念地坛》这则文章里，铁生想念地坛里的那些老柏树，他从它们"历无数春秋寒暑依旧镇定自若，不为流光掠影所迷"中，将其品质出人意料地抽象为"柔弱"。他进而说："柔弱是爱者的独信。""柔弱，是信者仰慕神恩的心情，静聆神命的姿态。"他说："倘若那老柏树无风自摇岂不可怕？要是野草长得比树还高，八成是发生了核泄漏——听说切尔诺贝利附近有这现象。"

由老柏树的"柔弱"，他写到世风的喧嚣，他说："惟柔弱是爱愿的识别，正如放弃是喧嚣的解剂。"之所以由"柔弱"写到"喧嚣"，还是要写地坛，因为地坛曾经可以是销蚀喧嚣、回归宁静的一块宝地，一个解剂——"我说的是当年的地坛。"他特意补充道。

我不知道弟弟执着地梦回青海的柴达木，是否还是当年他十七岁时的柴达木。我只知道他和铁生所说的"柔弱"一样，敏感而坚信，唯有那里是"爱愿的识别"，是"喧嚣的解剂。"

在《想念地坛》的最后，铁生写道："靠想念去迈过它，只要一迈过它便有清纯之气扑面而来。我已不在地坛，地坛在我。"这两句话，特别是最后一句"我已不在地坛，地坛在我"，如一支沉稳的铁锚，将地坛如一艘古船一样牢牢地停泊在新时期文学的岸边，也将思念深深埋在我的心里。

2011 年岁末改毕于北京

无爵自尊贲园书

　　成都和平街是三国时期就有的一条老街，表面上看来波澜不惊，里面却别有洞天，所谓包子有肉不在褶上。

　　这条街上有三国蜀将赵子龙的故宅，故宅处有赵子龙战罢归来的洗马池，成都人管池叫作塘，所以这条街最早叫作子龙塘街。早听说洗马池之东，原来有一座颇大的花园，叫景勋楼，是清雍正年间四川提督岳钟祺的宅第。其名声与洗马池相齐。民国之初，一代富甲天下的大盐商严雁峰买下景勋楼，于1914年至1924年，历十年之久翻建成新园，取名为贲园。这期间，严老先生于 1918 年仙逝，由其子严谷孙继续造园。算一算，那一年严谷孙年仅十九岁。父子两代的共同努力，将岳府改造成新型的四进院，这种四进院不是北京传统四合院的格局，气派和占地更要大得多。据说每一个院落都自成一格，不仅房间多，并都有自己花木扶疏的大花园。听老人介绍，说这里最显眼的是修竹、银杏和桂花树，一年四季都绿荫蓊郁，花开不断。

园子最后面亦即当年岳家景勋楼的旧址上，建成最负盛名的"贲园书库"。有人说贲园取其"贲"字"气势旺盛、高起来"之意，其实，严雁峰别号贲园居士，在我看来，贲园就是自家书库而已。

和我们如今一些富商有钱就豪赌，或豢养"小三""小四"，或投资时髦的足球与电视剧不大一样，严雁峰钟情于图书，有钱投在买各种珍本善本的书籍上，是一名名副其实的藏书家。在建贲园之前，他曾于光绪二十年（1894）入京，以巨资购进大批古书，装运四川；途经西安，见有人藏书出售，虽要价不菲，又不惜重金，倾囊而出，全部收进。一时豪举传为美谈。

可能是老天要给我一些补偿，那天，我去和平街寻洗马池未果，偶然听说贲园尚在，颇为兴奋。毕竟历史未曾完全如烟飘逝殆尽，便误打误撞闯进了贲园。

如今的贲园已经成为图书馆的宿舍，一片简易的矮层居民楼，立在那片曾经藏龙卧虎之地。走进不大的铁门，沿着一条干净的甬道走进去，甬道几一米，不长，但两旁的楼群铺展展，想当年肯定是左右轩豁，所谓口小膛大，腹内可撑万里船。

甬道尽头，被一扇铁栅栏门挡着，进不去了。隔着栅栏，可以看见正在修缮中的一扇月亮门，门脊上的瓦还没有盖全。隔着月亮门，有大树遮掩，依稀看见有灰色的小楼隐现，想那应该是贲园的藏书楼了。可惜，折回大门前的传达室，如何说想一览藏书楼的芳容，就是不给钥匙开门，只说需要听省图书馆的指示。

没有办法，第二天一清早找到省图书馆的馆长，才终于走进藏书楼。看见月亮门门楣上雕刻着两个篆字"怡乐"。据说，贲园里这样的题字颇多，最有名的还有严雁峰自撰请于右任书写的一副对联："无爵自尊，不官亦贵；异书满室，其富莫京。"更是黄鹤不知何处去了。但是藏书楼上嵌着"书库"的隶书横匾，虽然斑驳，却清晰在目，留下岁月的一点儿物证。

楼前的小院，远没有我想象中的大，想以前读书曾经看到对贲园书库的介绍，说是"书库建在花园中"。那么，该比眼前的园子要大，要漂亮才是。藏书楼正在重新维修，院子里一片狼藉。但藏书楼两侧各有一棵高大的银杏树，像是以前留下来特意陪伴藏书楼的，百余年来，算得上为藏书楼红袖添香的知己。

藏书楼二层的建筑风格中西合璧，墙体灰砖磨砖对缝，近百年依然很结实，那时候的工艺不欺岁月和人。月亮门设于楼正中间，门楣之上房檐和整座楼的房檐，都是灰鱼鳞瓦铺盖，典型中式。但门顶上是阳台，和门两侧对称的窗，尤其是二层窗上拱形式的装饰，是清末民初西风东渐时洋味儿的四溢。

走进楼里，光线幽暗，地上遍布施工的杂物，楼梯还在，楠木地板还在，只是楼下楼上一样空空如也，面积并不大，两层也就两百米左右，真难以想象当年严氏父子那三十多万册的藏书济济一堂，是如何藏下的。据说，墙的四壁有通气孔，每扇窗前有气窗，可使空气流通，温度稳定，可惜我不大懂，未加仔细观看。还据说，书架、书柜全是楠木、香樟。书库内对虫蛀、水沤、霉烂、发脆、脱页、断线等均有良好的预防设施，常年雇人在此翻书，防止虫蛀、水沤、湿气浸润，避免书页生霉、发脆，才完好地保护了这三十多万藏书，其中包括宋版孤本《淮南子》《淳化阁双钩字帖》，及明"马元调本"珍版《梦溪笔谈》，这样珍本善本的书籍就有五万册，一直到解放后才得以全部捐献给国家。确实不容易。严雁峰老先生曾告诫儿子说："读书难，藏书尤难，藏之久而不散，则难之难矣。"只要想这么多年来，历经战乱，严家将藏书全部装箱，分藏于大慈祠和龙藏寺，十余年后战火平息再搬回藏书楼，所历经的周折，便会感慨更不容易。可惜，这一切更是无法目睹，只能遥想当年。

如此功能齐全又藏品丰富的民间藏书楼，难怪被称为成都的"天一阁"。来成都的文化名人，几乎无一不来贲园一亲书香，去看书库挂墙汉刻，插架明版，去和主人诗吟唐宋，谈慕魏晋。来过的人可以数出糖葫芦般一长串，其中最为成都人热衷的是张大千。抗日战争中，张大千来成都，住严谷孙家，贲园书库对他开放，同时，因张大千家属及随行弟子、随从，一行迤逦有四十余人，严谷孙还为他准备了二十多间房屋居住。据说，张大千还养有老虎、猴子和藏獒等一列动物，每天所吃的大量肉食，也都是严家花费。这且不说，严谷孙还将院侧客厅改建成画室，特做一张巨型楠木画案。张大千在严家一住两年，其一丈二尺玉版宣画成的《西园雅集园》、大幅泼墨荷花、《杨妃戏猫图》，均在这上面挥洒而就，并在文庙后的成都女子师范学校展览。日后，张大千到敦煌临摹壁画，回成都举办敦煌画展，包括来往路费等所有费用，都是严谷孙出资，为此，严谷孙不惜变卖了自家的家产。如此仗义疏财，皆因严谷孙和张大千同气相求，都属于大气象之人。

严谷孙先生于 1976 年去世，终年七十七岁。站在沧桑的赍园藏书楼前，想念这位可敬的老先生，他和他的父亲真的做到了"无爵自尊，不官亦贵"，支撑着他们这样尊贵品性的，是书。或者说，是如今我们爱说的文化。

不知道是不是我的奢想，不仅让藏书楼重现天日，也能让赍园整体恢复旧貌，这样不仅可以让这里成为一座公园，同时也可以让藏书楼重新立于花园之中，让书香随花香一起飘荡得更远。

2012 年 3 月于成都

花之语

　　艺术家，从来分幸运和不幸两类。一般而言，过于幸运，对于艺术家会是腐蚀剂；艰难困苦，玉汝于成，从另一方面则会让艺术家因不幸的磨难而将艺术之路走得更远些。

　　庞薰琹先生就属于这样一类艺术家。

　　庞薰琹先生是我国老一辈的油画家，年轻时和徐悲鸿、常玉等著名画家同时期到法国巴黎留学，学习油画，并与他们齐名。他可谓学贯中西，有着西画和国画的双重实践，并对于服饰、装潢有着独到造诣的艺术家和工艺美术教育家，解放后，曾首任中央工艺美院副院长。不过，庞先生命运赶不上徐悲鸿，1957年被打成右派，撤销了他的中央工艺美院副院长的职务，降两级的处分。在清华大学万人批判大会和工艺美院千人批判大会之后不久，他的妻子，也是我国老一辈油画家丘堤去世了。从此，他沦落为打扫厕所的清洁工，开始了他孤独的人生，度过他人生最艰难痛苦的时期。

晚年的庞薰琹先生写过一本自传，其中有这样两行字："1964年。画油画：《紫色野花》。花是从花店地下捡回几枝被弃的烂的花，取其意进行创作的。"

面对这两行字，我读过好多遍，每读一次，心里都发酸。"地上""被弃""烂花"，这样三个紧连在一起的词语，呈递进的关系，犹如电影里的一个由远推近的特写镜头，让我看到这样几枝萎谢的残花败叶，一点点地彰显在眼前而分外醒目。这样在花店不值一文钱的花，这样在一般人眼里不屑一顾甚至会不经意踩上一脚的花，对于一个画家，特别是在失去了创作的机会却渴望绘画的敏感的画家，却是如获至宝。庞先生将这样"烂的花"称为"野花"。他以自己的创作，赋予了这样路边拾来的花以新的生命。野花，可以被抛弃，被遗忘，被鄙夷，但却也可以充满旺盛的生命力，慰藉自己，并慰藉他人。

一个著名的画家，又重回年轻窘迫的巴黎留学时光，没有钱，更没有机会可以让他面对鲜花写生创作，而只能从花店地下捡几枝被弃的烂的花回家，悄悄地写生创作。很长一段时间，我的脑子里都浮现这个画面，总忍不住想象那一天庞先生从花店门口经过，偶然看见了店门口这几枝零落的残花。不知道，那一天是黄昏还是清晨。不知道，庞先生看见了花之后，想上前去捡时是有些羞怯，还是没有丝毫的犹豫。我想，如果是我，首先，我会敏感地注意到地上落着有花吗？即使是凋败却依然美丽的残花。其次，我会有勇气不怕别人的冷眼甚至呵斥，上前弯腰拾起花来吗？

也许，这正是庞先生区别于我们的地方。他以一名画家对美的敏感，对艺术的渴求，对哪怕是艰辛生活也要存在于心的希望，才会看到我们司空见惯中被零落、被遗弃，甚至被我们亲手打落下的美好的东西。他才能和这地上的残花有了这样意外的邂逅。

同时，他毕竟会画画，画画是他的本事，更是他的追求。什么时候，任何人，都无法剥夺他手中的画笔，他可以用他特有的方式让活下去有了勇气和信心，让绘画不仅仅属于展览会或画廊乃至画框，而属于生命。因此，这样的邂逅，便不只是同病相怜，而是一见倾心，是彼此的镜像。他才赋予那地上的败花以紫色这样高贵的色彩。

晚年的庞先生画了大量的花卉，《鸡冠花》《美人蕉》《窗前的白菊花》《瓶花》都被中国美术馆收藏，六十七岁生日之作《瓶花》还曾经参加巴黎美展。这和他前期在巴黎时重视人物与景物的现代派风格浓郁的画作大不相同。不知道别人会如何解释这一现象，我以为这和 1964 年他在花店的地上捡回几枝被弃的烂的花，有着密切的关系。从那时以后，他似乎心更加柔软缠绵，甚至他路过崇文门花店看见地上的几朵无人问津的草花，也花了几角钱买回来，放大作画。在经历了颠簸的人生与沧桑的命运折磨作弄之后，他反而越发孩子一般，对于比他更弱小而可怜的草花产生关切之情，而究其原因，除了他本身的艺术气质之外，就是他不易操守，不改初衷，依然保持着年轻时候就有的对于生活的真诚和对美的向往，以及不会被磨折和泯灭的信心。

每当我想起庞先生的这幅画，总忍不住想起法国作曲家拉威尔曾经作过的一支叫作《花之语》的乐曲，曾经是芭蕾舞曲，又曾经被改编为管弦乐曲。如果花真的能够说话，我相信，这幅《紫色野花》便是庞先生最好的心曲。拉威尔将这支《花之语》又取名《高贵而动情的圆舞曲》，我想这名字和庞先生正相吻合。庞先生把那野花画成了紫色这样高贵的色彩。拉威尔的这支曲子，是这幅画最好的背景音乐。

2012 年 11 月 14 日于北京

文人的友情

去华西坝那天，阳光格外灿烂。尽管如今一条宽阔的大马路将其一分为二，但还是切割不断它的漂亮。1910年，美英加三国五个基督教会联合在这里建立了华西协合大学，华西坝的名字，成了成都人为学校起的一个亲切的小名。

如今，校园虽有了变化，但嘉德堂、合德堂、万德堂、懋德堂、怀德堂几个"德"字堂还在，苏道璞纪念馆还在，最重要的钟楼还在。这是当年华西协和大学的标志性建筑。钟楼的前面是一条长方形的水渠，水前是一块小型的广场，水边是绿茵茵的草坪，和柳树掩映。钟楼后面是半月形的爱情湖，湖畔绿树成荫，一下子，满湖满地的花阴凉和清风，幽静得把阳光和不远处大街上车水马龙的喧嚣都融化在湖水之中了。

忍不住想起了陈寅恪当年写华西坝的诗，几乎成了华西坝的经典："浅草方场广陌通，小渠高柳思无穷。"

想起陈寅恪，是因为到华西坝来还有另一个目的：访前贤旧影。抗战期间，中央大学、金陵大学、金陵女子大学、齐鲁大学和燕京大学五所大学从内地迁到华西坝。这是华西坝最鼎盛的时期，可以和昆明的西南联大媲美。当时，名教授云集华西坝，陈寅恪受聘燕京大学和华西大学中国文化研究所，携妻带子从桂林一路颠簸来到成都，教授魏晋南北朝史、元白诗等，这是那时学生的福分，成为他们永恒的回忆。

在华西坝。陈寅恪一共待了一年零九个月的时光。这一年九个月里，发生了两件大事，一件是迎来了抗战的胜利。他曾喜赋诗道："降书夕到醒方知，何幸今生见此时。"又忧心忡忡："千秋读史心难问，一局收枰胜属谁。"一件便是他的眼疾，来成都之前，他的右眼已坏，在华西坝，他的左眼失明。

如今，已经很难想象那时如陈寅恪这样有名教授的生活艰辛了。虽然来华西坝的他有两份教职，却依然难敌生计的捉襟见肘。他有这样的诗："日食万钱难下箸，月支双俸尚忧贫。"

加之目疾越发严重，弄得他的心情越发不堪。他五十六岁的生日是在华西坝度过的，那一天，他写下了这样苍凉的诗句："去岁病目实已死，虽号为人与鬼同。可笑家人作生日，宛如社祭奠亡翁。"

这样的时刻，越发凸显陈寅恪和吴宓的友情，正如杜诗所说：谁肯艰难际，豁然露心肝？在华西坝，我找到了陈寅恪当年教书和居住的广益学舍，很好找，出学校北门，过条小街便是。小街依旧，广益学舍部分也还在，关键是陈寅恪当年住过的地方还在，现在成了幼儿园。不巧的是，恰逢星期天，幼儿园铁门紧锁，无法进去。只好扒在门栏杆前看那座小楼，和校园的建筑风格一致，也是青砖黑瓦、绿窗红门，由于为幼儿园所用，被油饰得艳丽，簇新得全然不顾旧情。当年的陈寅恪已经看不到这样的美景了。

那时候，吴宓经常从自己家来这里，或从医院陪陈寅恪回这里。从吴宓日记里可以看到，在陈寅恪住院治疗眼疾的那些日子里，特别是陈妻病后，吴宓天天到医院陪伴。有时候，吴宓把写好的诗带到病房读给他听："锦城欣得聚，晚岁重知音。病目神逾期，裁诗意独深。"当时吴宓身兼数职，收入比陈寅恪好，便拿出万元做陈家家用。陈寅恪离成都赴英国治疗眼疾时，吴宓是要护送前往的，不想临行前自己突患胸疾，只好忍痛相别。扒在幼儿园铁门栏杆前，想起这些前尘往事，心里为那一代学人的友情感动和感喟。

1961年，吴宓到广州，和陈寅恪见最后一面。那时，陈寅恪沦落于中山大学一隅，已是门前冷落车马稀。陈寅恪有诗相赠："暮年一晤非容易，应做生离死别看。"想象两个小老头相见又分手的情景，总让我想起放翁晚年和老友张季长的旷世友情，放翁曾有这样一句诗赠张："野人蓬户冷如霜，问询今惟一季长。"几百年间，文人的境遇竟是一样，文人的友情也竟是一样。

2012年11月于北京

名花零落雨中看

北大哲学教授贺麟，命运极具戏剧性。因解放前上书蒋介石万言书受到蒋的八次接见，有如此前科，注定在新中国成立后的那场思想改造运动中在劫难逃。一开始，贺麟即被管制，却固守老派文人之风，依然不合时宜地坚称蒋介石为蒋先生。"三反"和"土改"运动后，交出万言书底稿，说"现在我要骂蒋介石为匪了"。不过短短几年的工夫，态度之变，判若霄壤，可以看出运动的威力与压力之大。

如果说此时贺麟的表态尚迫于压力，多少并不从心。到了

1954 年，在批判胡适和俞平伯的运动中，他的命运起了翻天覆地的变化。变化之因，缘于一篇批判稿，阴差阳错刊登在《人民日报》上。一篇普通的批判稿，能够在《人民日报》上发表，不仅等于他自己的政治表态，也等于对他政治的肯定，而在此之前，他还被批为思想糊涂。如此意外受到表扬，让他惊喜万分，内心的天平发生了倾斜，一下子觉得自己有政治地位了，由此对胡适和俞平伯批判的态度更为积极。

这由一场意外而导致的悲喜剧，几乎完全异化并扭曲了贺麟这样一位老派知识分子的性格，却可以看出那个时代知识分子在政治运动之中的心态和表现，无奈之中渗透着可悲。如果再看贺麟在运动中的另一种表现，更能够看出知识分子的性格在客观政治斗争中的扭曲轨迹。他很长一段时间里坚持黑格尔学说，在论战中顽固坚持己见，到后来对风雨欲来要整自己的担心，到照本宣科苏联专家的课程的违心，到党支部在他家开会帮助他，他以啤酒、点心招待后的舒心，从此开始了对黑格尔的批判。从担心到违心到舒心，贺麟的这种从性格到学术到政治的三级跳，我们会看到那场运动的丰富性和人的心路历程的复杂性。贺麟从行为伴随着思想转变的轨迹，有着命运阴差阳错的因素，更有对同样北大哲学教授冯友兰等人残酷批斗方式不尽相同的怀柔政策、攻心为上的作用，贺麟便也顺坡下驴，不惜或不自觉地以牺牲性格与知识为代价。

应该说，贺麟这种命运是带有悲剧性的。这种悲剧性，不仅属于个人，更属于这个群体的一代人甚至几代人。想起刚刚读完许纪霖的《中国知识分子十论》，他在引用徐复观"道尊于势"的论述后说过的话："中国知识分子依赖的'道统'，就与西方的传统不一样，它不是通过认知的系统和信仰系统，而是通过道德人格的建立以担当民族存在的责任。"我国知识分子这种先天不足的人文传统，其内在德行的"自力"，外在宗教与法律的"他力"，在突变的政治旋涡中就会显得格外脆弱，常常会如风浪颠簸中的一叶扁舟不知所从。所以，鲁迅先生早在论柔石的小说《二月》里的萧涧秋时，就说过知识分子在河边衣襟上沾一点儿水花就容易落荒而走。知识分子自身性格的软弱，便不是一两个人的事情了，也不是一时两时的事情了。特别是看到贺麟的命运，想如果换成自己，也处于那个时代和他同样的位置上和处境中，其性格与心路历程恐怕会和他一样，而命运也就更会无可奈何地相同。这恰恰是让我不寒而栗的地方，是值得所有愿意称自己为知识分子的人警醒的地方。

这是我读完陈徒手的一本新书《故国人民有所思》和许纪霖的一本旧书《中国知识分子十论》后最大的感想。我赞同许纪霖的说法："知识分子的性格就是其所生存其间的民族文化性格。"在以往描写知识分子命运的书籍中，无论是社科类还是文学类，大多写的是政治斗争的残酷性，更多笔墨同情知识分子挨整的悲惨命运，很少去揭示知识分子自身性格的软弱性，便也缺乏对我们民族文化性格的进一步的触及，而使得这一类图书仅仅成了政治表面的记述和回顾，材料大同小异地罗列与重复。

放翁有诗：志士凄凉闲处老，名花零落雨中看。贺麟的命运，虽然是已经翻过一页的历史，希望能够成为知识分子自省的一面镜子，而不只是作为今天闲处老来的一点儿感喟，雨中落花的一点儿兔死狐悲。

2013 年 12 月 14 日于北京

艺术之光在哪里

新年伊始，开春以来，最值得一看的展览，莫过于现正在中国美术馆举办的"耕耘与收获——吴冠中捐赠作品展"。

此次展览，展出了吴冠中先生捐赠给北京、上海和新加坡三地公立美术馆的作品中的一百八十余件艺术珍品，可以让我们一饱眼福。作为我国当代美术的代表人物，吴冠中先生打通国画和油画两界，让抽象和具象风云际会，融传统与现代于一身，坚持艺术家内心的情感世界高于笔墨形式，横亘新中国六十年历史，创造出如此丰厚的艺术佳作，自是非常值得观赏的，是不可多得的艺术盛会。

更为值得我们钦佩和思索的，不仅仅是吴先生精湛的艺术造诣和丰盛的艺术成果，而是他的人生境界。他早就表示过要把自己最好的作品都交给国立美术馆保藏，而不卖给私人收藏家。他说，这样才有可能让自己的画为后来人欣赏。此次画展，便是吴先生言行一致的实践，是吴先生艺术和人生相互辉映的展示，是他情感世界的外化和延伸。这些美妙的作品因没有卖给一路价格飙升的私人收藏家，而都捐赠国立美术馆，如今方才能够让我们大众得以观看和感受一位艺术家走过的情感与艺术历程。

都说盛世收藏，但毋庸讳言，近年来我国的收藏热，和房地产热异曲同工，都存在着大量的泡沫和人工制造的虚热，发展有些畸形。在市场和人为炒作双重作用下，甚至国外一些文化商人的运作，收藏成为投资的同义语，拍卖行里的不断翻新看涨的天价，让一些人误以为艺术品真的成了阿里巴巴的魔宝，可以迅速变现金钱。到处闪烁的不再是艺术的光芒和人们对于艺术需求渴望升华的心灵之光，而是财富耀眼的金碧辉煌，是对于艺术作品和艺术家攫取的贪婪目光。甚至早已经有人膨胀地预言：二十年后，中国艺术家的行情将比安迪·沃霍尔的价格还要高。如此，越发激发了人们投资艺术品，如同投资房地产一样，聚集着发财的勃勃欲望，艺术品的价格成了股票看涨的指数，牵动人们心的不再是艺术给予我们的情感陶冶和升华，而是不断升值的金钱与欲望的诱惑。艺术品市场近乎疯狂的表演，让我们想起逝去并不久远的疯狂的君子兰。当发财的欲望膨胀于理智之上的时候，我们便很容易遗忘，记吃不记打。

于是，艺术品被视为商品，艺术家被当成明星，两者都被绑架为已经在艺术品市场上狂热受众发财梦的最有价值的"符码"。这种"符码"的意义，不是指向心灵和艺术，已经越来越和金钱挂钩，越来越偏离艺术本身，赝品和烂货便畅行无阻，甚至连带挖掘而出的其他附属的衍生产品，铜臭味越来越重，不断使其利益最大化，厚颜无耻地展示着艺术丑陋的一面。人们误以为某些艺术家所标榜的，拍卖所拍卖的，市场上走俏的，媒体上频频露面的，就是真正的艺术品；以为画的价格和艺术水平理所当然地成了正比。

美国学者戴安娜·克兰教授在她的《文化生产：媒体与都市艺术》一书中曾经说过："工艺品产生于个人阶级的文化世界，而艺匠的作品产生于中产阶级的文化世界。"克兰进一步指出，后者的文化世界则是以营利为目的的。

此次"吴冠中捐赠作品展"的意义，正在这里。无疑，吴先生清醒得很，他不站在如今已经有了钱而附庸风雅中产阶级的文化世界那一边，而坚定地站在了大众的文化世界这一边。

他不愿意将艺术沦为金钱的奴隶和帮凶,他不愿意在物欲横流之中将圣洁的艺术玷污,他不愿意做艺匠,使自己的作品仅仅成为卖了个大价钱的宠物或摆设,只能悬挂在中产阶级乃至富豪的私人客厅,或囤积居奇于他们的仓库,等待着日后摇身一变立于跳龙门而发财的机会。他希望将自己的作品和心一起奉献给国家和人民,奉献给真正的艺术。这是一个艺术家值得尊敬的良知和操守,值得敬仰的品格和境界,他以他质朴而决绝的个人行为,给予我们目前乱花迷眼、鱼龙混杂的艺术品市场内外的人心与欲望,以清心明目,醒人警世的作用和意义;他让我们在这个春天里感受到了艺术与心灵明媚的春光。

我不禁想起两百年前,老年的音乐家海顿在维也纳观看他的清唱剧《创世纪》,看到"天上要有星光"一节时,忍不住从座位上跃起,指着舞台高喊:光就是从那里来的!如今,我听到了另一位艺术老人的呼喊。我们太需要艺术之光和心灵之光的照耀,而让我们能够清醒和清正一些,心澄思澈,守己律物。

我们的心中,实在应该不仅仅只有物质的光芒闪烁,而能够更有精神之光的照耀。这样,才会让我们的心不至于过早地萎缩成一枚干瘪的话梅核。

2009 年 3 月 3 日于北京

刻进时代里的艺术

　　去年九月底，木刻家彦涵先生逝世的时候，不知怎么搞的，眼前立刻想起曾经在国家大剧院里看到他的作品展览，总觉得好像就在眼前，刚刚过去不久。回家一查，才知道，那是2010年国庆节的事情，已经过去了一年的时间。那一次题为"彦涵从艺75周年作品展"，一百二十余幅作品，是彦涵先生一生的回顾，他将自己最后的足迹留在了国家大剧院。

　　在我的印象中，除了2005年在中国美术馆举办过彦涵先生九十岁回顾展之外，这么多年再未有过先生的展览。作为我国老一代版画家硕果仅存的代表人物，和如今流行的一些在拍卖会上动辄就能卖出令人瞠目高价的画家相比，人们特别是一些年轻人，对于彦涵这个名字显得有些陌生。虽然有国家大剧院为他举办他一生最后一次的回顾展，彦涵先生也投桃报李将自己《豆选》等不同时期的十幅代表作捐献给了国家大剧院，但是，知道此事并观看这次展览的人毕竟有限。我在国家大剧院观看彦涵先生这个版画展的时候，偌大的展厅里，稀疏零落，几乎没有几个人。禁不住想起同年夏天在美国费城观看同样老年的画家"晚年雷诺阿"的画展时人头攒动的情景，两相对比，感到曾经是那样为普罗大众倾心创作的彦涵先生，面对而今大众的冷漠，对于他本人而言多少是比较寂寞的。其实，艺术世界的审美标准和艺术市场的价值系统，如今是极其混乱的，人们误以为某些艺术家所标榜的，拍卖行所拍卖的，市场上走俏的，媒体上频频露面的，就是真正的艺术品；以为画的价格和艺术水平理所当然地成了正比。

在这样的文化背景之下，我以为对于彦涵先生在中国版画领域里的艺术成就，一直没有得到认真深入的研究、评估和推介。在中国现当代美术史上，再没有比版画更和时代密切相关并交融的艺术形式了。在鲁迅先生介绍了柯勒惠支、麦绥莱勒等一批外国直逼人心与现实的版画，倡导并给予极大希望的中国新兴版画运动之后，中国版画的创作，一开始就介入现实，投身时代，镌刻历史风云，激发民心民情，迅速起到先锋作用，特别是朴素直接的线条与画面，和大众最为贴近、呼吸相通，是其他美术形式无可匹敌的。一部中国版画史，就是中国现当代用粗犷线条勾勒的历史缩影。客观地说，这部版画史是国统区和延安解放区版画家两股力量合流而成的合力完成的共同书写。彦涵先生是活得年龄最长的版画家，也是延安解放区版画的元老级的人物代表，是中国版画的先驱和奠基人之一，研究并能重新评价他的版画成就与实际地位，特别是他的作品和时代的关系，对于梳理中国版画史和美术史，以及面对新时代中国版画的发展前景与价值，是有着重要的意义的。

彦涵先生一生横跨战争、和平，以及反右和"文革"的动荡年代，又大难不死、枯木逢春适逢变革的新时期，几乎找不到几位和他一样经历了这样多时代更迭的画家了。更重要的是，在这样几乎横跨中国跌宕百年史的各个时期，彦涵先生都倾心且切肤亲历，并都有优秀的作品留世。即便在 1957 年他被冤打成右派的时候，在如此艰难潦倒的情境下，他依然没有放下他的笔和刻刀。看他 1957 年的《老羊倌》，那羊和人彼此相依，温和又带有一点儿忧郁的神态，什么时候看，都让我感动，那是在逆境中一位艺术家的心境，对于这个已经错乱的世界，是那样地气定神闲、云淡风轻，脚跟和老羊倌一起还扎实地紧接着地气。因此，可以说，彦涵的版画作品，就是中国现当代版画史和生活史的缩写版和精装版。

只要看看他的作品，我想人们会觉得这样的评价并不为过。抗日战争期间，《把抢去的粮食夺回来》《敌人搜山的时候》，还有在美国出版被美国人带到"二战"战场上去鼓舞激励美国士兵的木刻连环画《狼牙山五壮士》，记录那个烽火连年、硝烟弥漫的时代，他以自己的笔融入世界反法西斯战争的洪流中。无疑，这是先生创作的鼎盛时期，他以自己的作品记录那个时代，同时也记录了自己的艺术生涯的轨迹和心迹。同时，还非常重要的，是他的作品一开始不仅和世界的反法西斯运动密切联系在一起，而且和当时世界的版画艺术的勃兴和发展同步，可以明显地看出和柯勒惠支、麦绥莱勒作品的传承与呼应的关系，其艺术的先锋姿态，是其他绘画形式不可比拟的，即便是徐悲鸿的油画，当时师从的也是十九世纪的油画艺术。

特别是一幅《亲人》的作品，记录了战争胜利的前夕，一位八路军战士回到家乡，在窑洞里和亲人们相见的情景。在这里，亲人的关系是相互的，情感是交融的，那画面中间的老妈妈和下面的孩子，在黑白简单的刻印中，滚烫的感情是那样地可触可摸，即便那个仰着脸的孩子只是一个背影，看不见表情，但依然能够让人感到那激动的心在怦怦地跳。那种粗犷线条中的细腻情感，既是相互的对比，也是彼此的融化，是战争亲历者才能够体味得到的情感，才能够将那生活的瞬间定格为艺术的永恒。看这幅木刻的时候，总会让我想起孙犁先生的小说《嘱咐》，也是写战士从战场上风尘仆仆归家探望亲人，温暖和感人至深地相会后，亲人嘱咐他上战场好好打鬼子，替亲人报仇雪恨。孙犁先生的小说是这幅木刻的画外音，可以互为镜像。

解放战争期间，《豆选》无疑是彦涵先生的代表作，即使事过近七十年后今天再来看，依然会感到先生的艺术敏感，他选择了"豆选"这样富于生活和时代气息的细节，完成了历史变迁中的宏观刻画，真有和举重若轻的感觉。再看他解放初期的大型套色木刻《百万雄师过大江》，则记录了一个新时代的诞生，依然是倾心于宏大叙事，却在粗壮线条和饱满色彩的交织中，完成了他自己艺术的变化。"文革"期间，他的那幅因树根过于粗壮被认为反动势力不倒而被打成黑画的《大榕树》，则记录了那个最为动荡年代暗流涌动的心情。而同在那个时期，他为鲁迅先生小说所作的系列插图，依然选择黑白木刻，颜色对比鲜明且有些压抑的画面，是他借鲁迅小说浇自己胸中块垒的曲折演绎。粉碎"四人帮"，他的《春潮》《微笑》等作品，则记录了那个拨乱反正时代，前者是那个时代的象征，后者是那个时代的表情。我尤其喜欢《微笑》，先生选择的是少数民族的姑娘和吊脚楼，充满整个背景空间的芭蕉树，枝叶交错，铺天盖地，几乎密不透风，但借助黑白木刻故意刻出大量的留白，又由于芭蕉树叶随风灵动摇曳，让那黑白相互辉映且富有动感的线条，舞动得如同满天的礼花盛开。

一直到先生的晚年，笔依然紧随时代，2003 年 SARS 病情风行蔓延之际，他有《生命的卫士》，对白衣天使有由衷的礼赞；2008 年汶川地震，他又有《生死关头》，对生命和民族相连的血脉之情有至高无上的咏叹。这是他的最后一幅作品，想想，那一年，他已经是九十二岁高龄。因此，他可以无悔无愧地将自己曾经讲过的话再说一遍："反映时代每一次历史时期的重大变化，人民的苦难斗争和他们的梦想，成为我创作的主题思想。"他说到做到了。在中国美术史起码在中国版画史上，由于年龄和其他阴差阳错的种种原因，没有一位画家能够如彦涵先生一样如此长久地将自己的心和笔如船帆一样随时代潮流而起伏，并始终随着流水一起向前涌动，潮平两岸阔，月涌大江流。

看他的作品，让我总会有一种感觉，是那种历史的流动感觉，在他的作品的画面中，也在我们的身边。他的作品，特别容易勾连起人们的回忆，既是属于历史与时代的回忆，也是属于美术的回忆；连缀起来的，既是属于历史的画卷，也是属于他个人的画卷。他始终站在现实和艺术的双重前沿。即便是黑白木刻中简单的两色，便也显得那样地五彩缤纷；又由于是木刻线条的分明，更显得是那样地棱角突出，筋脉突兀，如森森老树，沧桑无语，有种"归来沧海事，语罢暮天钟"的感受，弥漫在画面内外。

晚年，彦涵先生曾经进行变法，以抽象的线条和色块探索人性和艺术的另一方天地。尽管这种探索难能可贵，但在我看来，这一批作品还是不如以前的特别是早期的作品画风爽朗醒目，更能够打动人心。在质朴干净的写实风格中，充分运用粗犷的刀工，挥洒最为直率的黑白线条，挖掘并施展极简主义的丰富艺术品质与内涵，是那样地直抵人心，那样地引人共鸣，使得雅俗共赏，让时代留影，让历史回声。这是彦涵及其那一代版画家共同创造的艺术奇迹，是他们留给我们的宝贵遗产。探索版画新的发展，不仅需要前沿的眼光和新颖的技法，同时也需要回过头来仔细寻找前辈的足迹，不要轻易地将其当作落叶扫去。

彦涵先生的作品，无论是早期的写实主义还是衰年变法后的抽象主义，作为老一代画家对于新生活真诚的投入，对于艺术的内容与形式创新的渴望，依然是今天物质主义盛行、市场主义泛滥、拍卖价格至上的美术现实世界所欠缺的。彦涵先生用他的一生的追求给予我们的启示，正在于让我们应该努力像他一样，剔除非艺术的杂质，用我们真诚而新鲜的笔墨挥洒今天的新生活。几十年过去之后，也能够为我们的后代留下和他一样的作品，丰富共和国历史的生活记忆和美术记忆。

　　古人曾说：小景可以入画，大景可以入神。在彦涵先生逝世周年的日子里，重新观赏彦涵先生老一代画家的这些作品，应该给予全新的认知和评价，让我们也和彦涵先生笔随时代一样，有意识地努力，把小景和大景融合在一起，让我们的作品也能够既可以入画，又可以入神。

2012 年 4 月 15 日于北京

雕塑上的风云

到成都，找成都最有名的雕塑《无名英雄塑像》和王铭章将军的塑像。这都是刘开渠先生的作品，前者创作于1944年，后者创作于1939年，后者是成都也是全国的第一座城市街头的雕塑。马上就到刘开渠先生逝世二十周年的日子了，这样的寻找，更有意义。幸运的是，这两座雕塑都还在。落在雕塑上，有我的目光，更有岁月的风云，和雕塑本身所沉淀下的感情。

有时候会想，一个艺术家和他所创作的作品之间的关系，带有极大的偶然性，就像一朵蒲公英，不知会飘落何处，然后撒下种子，在某一时刻突然绽放。如果不是历史的风云际会，让刘开渠和成都有了一次彼此难忘终生的邂逅，在成都的历史，乃至在中国的雕塑史上，会出现这样具有划时代意义的雕塑吗？

　　1938年的冬天，雕塑家刘开渠从杭州辗转来到阴冷的成都。那时，是他从法国回国的第五个年头。日本侵华之后，国内的风云动荡，也动荡着刘开渠的心，他中断了在法国已经专攻六年的雕塑学业，毅然提前回国。那时候的年轻人就是这样怀抱着一腔火一般炽烈燃烧的爱国热血。回国后，他在杭州的国立艺专任教。七七事变之后，他随艺专转移到大后方，来到成都。艺专接着又转移到了昆明，这时候，正赶上妻子怀孕，他便没有随艺专到昆明，而是留在了成都，一边在成都艺术学校任教，一边陪伴妻子待产。

　　试想一下，如果不是妻子临产，他也就随艺专离开成都了，不过和成都萍水相逢，擦肩而过而已。要说，也是机缘巧合偶然的因素所致，却阴差阳错地让他和成都有了不解之缘。

　　第二年，经熊佛西和徐悲鸿介绍，刘开渠为王铭章塑像。刘开渠知道，王铭章是川军著名的将领，刚刚过去的台儿庄大捷，举国震撼，激奋人心。台儿庄决战前，在残酷却关键的滕县战斗中，就是王铭章带领官兵和日军血战五昼夜，最后高呼"中华民族万岁"，和两千名川军一起全部阵亡。这样壮烈的情景，想一想都会让普通人激动得热血沸腾，更何况是一位艺术家。刘开渠为王铭章而感动和骄傲，他义不容辞接受了这一工作。这一年，刘开渠三十四岁，正是和王铭章一样血气方刚的年龄，岂容自己的国家惨遭小小东洋的侵略。在刘开渠为成都做第一尊雕塑时，融入了他和王铭章一样的爱国情怀，可以说，雕塑着王铭章的形象，也在雕塑着他自己的心。

抗战期间的雕塑，与和平年代决然不同，与在巴黎高等美术学校学习时更不一样。不仅材料匮乏，而且还要面临日军飞机的轰炸。从一开始，刘开渠的雕塑便不是在风花雪月中进行，而是与民族命运血肉相连，和时代风云共舞，让他的雕塑有了蓬勃跃动的情感和血与火的生命。

那时，刘开渠点起炉火，亲自翻砂铸铜，开始了他每一天的工作。他为王铭章将军塑造的是一个军人骑着战马的形象，战马嘶鸣，前蹄高高扬起，将军紧握缰绳，威风凛凛，怒发冲冠。他能够听到那战马随将军一起发出的震天的吼叫，以及将军和战马身旁的战火纷飞。还有便是炉火带风燃烧的呼呼响声，头顶飞机的轰鸣声，炸弹凭空而降的呼啸声。

在雕塑期间，敌机多次轰炸，为他做模特的一位川军年轻士兵和为他做饭的女厨娘，先后被炸死。这一切没有让他动摇和退缩，虽然妻子和新生的婴儿需要他的照顾，但王铭章和两千名川军的壮烈阵亡，还有眼前的士兵和厨娘的无谓之死，都让他愈发激愤在胸，欲罢不能。他也想起，刚刚从法国归来，在蔡元培的陪同下，他去拜访鲁迅，鲁迅对他说过的话："以前的雕塑只是做菩萨，现在该轮到做人了。"他现在做的就是人，是一个代表着他自己也代表着全中国不屈服的同胞的顶天立地的人。

王铭章将军的塑像完成之后，立于少城公园，被全成都人瞻仰。塑像为青铜材质，这在当时还很少见到，中国以前的塑像，大多为石头或泥塑。塑像高一丈二，基座宽四尺，高三尺，四周刻有"浩气长存，祭阵亡将士"的大字。巍峨的塑像，一下子让成都雾霾沉沉的天空明亮了许多。这是刘开渠为成都雕塑的第一尊作品，也是成都街头矗立起来的第一尊塑像。

不仅在成都，在全国的城市里，它也是第一尊立于街头公共空间的青铜塑像。因为和西方拥有城市雕塑的传统完全不同，我国没有这样的传统，我们的雕塑，一般只在皇家的墓地和花园，或庙宇里，马踏飞燕、秦陵六骏、菩萨观音和弥勒罗汉，曾经是我们的骄傲。刘开渠的这一尊塑像，是撒下的第一粒种子，不仅成为成都而且成为全国城市雕塑的发源地。

可以毫不夸张地说，这是一件空前的创举，在美术史尤其是中国雕塑史上，具有重要的意义。城市雕塑，不仅美化了环境，增添了城市的人文色彩，拓宽了城市公共空间的功能，可以为市民观赏或瞻仰，以及具有潜移默化的审美与教化功能，更重要的是，城市雕塑是一座现代化城市必不可少的硬件之一，是中国传统都市向现代化迈进的象征物之一。从这一点意义来讲，这实在是刘开渠的骄傲，也是成都的骄傲。历史，给予了一个艺术家和一座城市一个共同的机遇。

更为难能可贵的是，刘开渠并非只为成都立了这样一尊塑像。虽然他并非成都人，只是流亡经过成都的过客而已。如同一只候鸟，季节变化时，也毕竟还是要飞离这里的。只是，刘开渠和成都的不解之缘，却让他几乎一生都没有和这座城市隔开过。这就是奇缘了。

据我不完全的统计，刘开渠一生为成都做的城市塑像共有如下十一尊——

1939 年，为王铭章塑像，立于少城公园。

1939 年，为川军将领饶国华塑像，立于中山公园（解放后的劳动人民文化宫）。饶为 145 师师长，1937 年与日军作战，广德失守时自尽殉国，留下遗书：广德地处要冲，余不忍视陷于敌手，故决心与城共存亡。死时年仅四十三岁。

1939 年，为蒋介石塑立像，立于北校场内当时成都军校。塑像高八米，基座五米。解放后被销毁，1969 年，在原塑像旧址立毛泽东水泥塑像。

1943 年，为尹仲熙、兰文斌、邓锡侯塑肖像，立于少城公园。

1944 年，立无名英雄塑像，立于东门城门洞内。

1945 年，为川军阵亡将领李家珏塑骑马塑像，立于少城公园。

1948 年，为孙中山塑像，立于春熙路。这是为孙中山第二次塑像，第一次，1928 年立的中山装立像，这一次，由刘开渠设计为长袍马褂、手持开国文件的坐像。

解放后，为杜甫塑像，立于杜甫草堂。

晚年为成都塑的最后一尊塑像：李劼人半身胸像，立于李劼人故居。

在这里，无名英雄塑像最为有名，成为刘开渠的代表作，也成了成都的历史记忆象征。像高两米，底座三米，无名英雄为川军士兵的形象，据说当时找来了川军幸存者一个叫张朗轩的排长，为刘开渠做模特，身穿短裤，脚踩草鞋，背挎大刀和斗笠，手持钢枪，俯身做冲锋状。当时，成都文化人士发起建造川军抗日纪念碑，塑像赶在1944年的七七事变纪念日落成，所以又叫抗日纪念碑，碑文刻有"川军抗日纪念碑"的字样。这几乎成了成都标志性的雕塑，可惜毁于"文化大革命"之中。1989年，年过八十的刘开渠重新操刀、指挥他的弟子再造塑像，立于万年场路口。2007年8月15日，立于祠堂街的人民公园大门前。

那天，我去瞻仰这尊无名英雄塑像，看见它身后是公园的繁花似锦，身前是大街的车水马龙，一览都市今日的喧嚣与繁华。塑像前挤满了停放的自行车，挤过去到那碑座前，看见上面刻有几行文字，大意为当年四川十五六人中就有一人上抗日的前线，参军者共有三百零二万五千多人，川军牺牲的将士占全国总数的五分之一，阵亡人数二十六万三千九百九十一人，伤六十四万人。看到这样的数字，再来看眼前的这尊塑像，会为当时元畏的川军敬仰，也为当时的刘开渠敬仰，似乎能够听到塑像的怦怦心跳，也能听见刘开渠的澎湃心音。

作为我国现代雕塑特别是城市雕塑的奠基人，刘开渠对于成都的感情，让人感动。二十世纪八十年代，作家李劼人故居开幕之前，成都派人拿着区区几千元的费用，进京找刘开渠，希望他能为李劼人塑像。看到刘开渠垂垂老矣，再掂掂袋中可怜巴巴的钱，生怕刘开渠婉辞。谁想刘开渠开口说道，没有问题，但我有一个条件，就是不能拿一分钱。然后，他说起年轻时在法国留学期间的一件"天宝往事"。当时，他和李劼人，还有成都籍的数学家魏时珍一起在那里求学。有一天，魏时珍病了，李劼人开玩笑对魏时珍说，你病得先死，我为你写墓志铭。魏时珍不服气，与李劼人争辩起来，最后，刘开渠对他们两人说：我比你们两人都年龄小，还是最后由我来为你们塑像吧。如今，一语成谶，为李劼人塑像，便成了刘开渠义不容辞之事。

如今，李劼人汉白玉的半身塑像，成了刘开渠与李劼人友情的见证，也成为刘开渠对于成都一生挥之不去的感情最后的见证。他为成都在雕塑，也为自己在雕塑。如今，他不在了，有一天，我们都不在了，他的雕塑还在。

如今，在成都，能够看到刘开渠的塑像，还有孙中山的坐像，依然立在春熙路上；王铭章的骑马塑像，改立于新都的新桂湖公园；杜甫和李劼人的塑像，依然立在原处。想想，多少有点遗憾，如果能把刘开渠为成都所造的那十一尊塑像，都立于成都的街头，那是一幅什么样的景观？那里面，有成都自己的历史，也有中国城市雕塑初期最可宝贵的历史呀。那会为如今繁华的成都街头，增添多少历史与文化的色彩，能够让我们临风怀想、遐思幽缈呀！

2012 年 3 月草于成都

2012 年年底改毕于北京

早春二月

——怀念孙道临先生

十八年前的夏天，我如约到北京的北长街前宅胡同上海驻京办事处，孙道临先生早已经在胡同口等候着我了。记忆是那样地清晰，一切恍如昨天：他穿着一条短裤，远远地就向我招着手，好像我们早就认识。我的心里打起一个热浪头。第一面，很重要。

要说我也见过一些大小艺术家，但像他这样的艺术家，我还是第一次见到，他的儒雅和平易，也许很多人可以做到，但他的真诚，一直到老的那种通体透明的真诚，却并非所有人能够达到的境界。

那天，我们在上海办事处吃的午饭，除了吃饭，我们谈论了一个话题，那就是母亲。他说他在年初的一个晚上看新的一期《文汇月刊》，那上面有我写的《母亲》，他感动地流出了眼泪，当时就萌生了一定要把它拍成一部电影（其实那只是一篇两万多字的散文），经过半年多的努力，他终于说服了上海电影制片厂，决定投拍，让我来完成剧本的改编工作。他对我说，读完我的《母亲》，他想起自己小时候在北京西什库皇城根度过的童年，想起自己的母亲。他也想起了在"文化大革命"残酷的岁月里，他所感受到的是如母亲一样的普通人给予他的难忘的真情。

那天，他主要是听我讲述了我的母亲的故事和我对母亲无可挽回的闪失和愧疚。他听着，竟然情不自禁地落下了眼泪，我不敢看他的眼睛，因为我从来没有见过七十岁的眼睛居然没有浑浊，还是那样清澈，清澈得泪花都如露珠一般澄清透明。他忽然站起来对我说：我为什么非要拍这部电影？我不只是想拍拍母爱，而是要还一笔人情债，要让现在的人们感到真情对于这个世界是多么地重要！

我们一老一少泪眼相对，映着北京八月的阳光的时候，我感受到艺术家的一颗良心，在物欲横流中难得的真情，和对这个喧嚣尘世的诘问。那天回家，对着母亲的遗像，我悄悄地对母亲说：一个北大哲学系毕业、蜚声海外的艺术家，拍摄一个没有文化平凡一生的母亲，并不是每一个母亲都能够享受得到的。妈妈，您的在天之灵可以得到莫大的安慰了。

剧本断断续续写到一年多以后。那天，为再一次修改剧本，我从北京飞抵上海。那是个傍晚，正好赶上他去安徽赈灾义演，他在电话里抱歉说没有能够接我，却特地嘱咐别人早早买下整整一盒面包送给我，怕我下飞机误了晚饭。打开那一盒只有上海做得出来的精巧的小面包，心里感到很暖，那一盒面包足足吃到了他从安徽回来。

剧本定稿的时候，他请我到淮海中路他的家中做客。我见到了他的夫人王文娟，他们两口子特意做了冰激凌给我吃，还把那个季节里难以找到的新鲜草莓，一只只洗得清新透亮，精致地插在冰激凌里。我和他说起了电影《早春二月》。我说起第一次读柔石的小说时，我在读高二。那时，我们到北京南口果园挖坑种树，劳动之余，同学之间在偷偷传递着一本书页被揉得皱巴巴，像牛嘴里嚼过一样的《二月》。书轮到我的手里，是半夜时分，我必须明天一早交给另一位守候的同学。老师还要在熄灯之后严加检查，我只好钻进被子里，打开手电筒，看了整整一夜。

他静静地听我说完，告诉我当时拍摄和后来批判《早春二月》时的许多事情。我问他萧涧秋是不是他自己觉得扮演的最重要也是最好的角色。他对我这样说：解放以后，一直都在努力改变以往在屏幕上的形象，希望塑造工农兵的新形象，便拍摄了《渡江侦察记》和《永不消逝的电波》。但是在这之后，他一直渴望有新的突破，在塑造了工农兵的形象之外，能够塑造更吻合他自己本色与气质的知识分子的角色。终于等来这样一部《早春二月》，他非常兴奋，也非常看重。他说不仅他自己看重，就连夏衍先生也非常看重，特别在他的剧本中详细地批注和提示。没有料到，这样一部电影付出了他极大的心血，却让他吃了不少苦头。那天的交谈，让他涌出许多回忆和感喟，颇有"别来沧海事，语罢暮天钟"的沧桑之感。

对于我们这样的一代人，随历史浮沉跌宕之后，有些普通的词，便不再那么普通，而披戴上岁月的铠甲，比如老三届、红海洋、黑五类……早春二月，便是其中一个意味寻常的词。这个词不仅有我们的青春作背景，也有孙道临先生的演绎作依托。因此，我一直认为，萧涧秋是他扮演的最重要也是最好的角色，他不仅成为新中国电影史的一部分，也是中国知识分子心路历程的一部分。从某种程度而言，孙道临和萧涧秋互为镜像，有着内心深处的重叠。

　　我和孙道临先生往来不多，却有过通信，作为晚辈，我常常得到的是他对我的关怀和鼓励，偶尔也透露着他的隐隐心曲。

　　1994 年 2 月，他寄给我两张照片留念，都是在 1993 年拍照的，一张是九月在海南，一张是五月在新疆，他七十二岁高龄骑在骆驼上跋涉戈壁滩。他在信中说："影事难题太多，1993 年，我不务正业，东奔西跑，到也增加不少阅历，只是'心为物役'的感受越来越强了。也好，总要设法摆脱，让想象好好驰骋一番吧！"

　　1995 年 2 月，我寄他两本我的新书，里面有那篇《母亲》。他写信对我说："再次读了你写的关于《母亲》的文章，仍然止不住流泪。也许是年纪大了些，反而'脆弱'了吧。总记得十七八岁时是要理智得多，竟不知哪个时候的自己是好些的。"

　　我之所以选出这样两节，是想说过去常讲的是老骥伏枥、壮心不已，其实对于中国知识分子而言，老骥之时更需要的是对于自己和历史清醒一点儿的检点和反思。孙道临先生对于我们的可贵，正在于他一直保持着一个艺术家对于自己和过去的历史与现世的时代的反思和诘问，他的真诚才不止于一般的旨在澄心，而是持有那种赤子之心。这一点，我以为是和《早春二月》里的萧涧秋一脉相承的，或者说其中的矛盾、彷徨、自省与天问一般追寻，是有良知又有思想的艺术家的本质和天性。

我想，这是孙道临先生给予我们最宝贵的启示，一切有志于艺术的人，都应该如他一样把这样的真诚放在首位。

2008 年 2 月 17 日写于北京

"制高点"

"制高点",是一家餐厅的名字。这名字起得有些怪,和一般餐厅太不一样,吃饭也要占领制高点吗?跟打仗似的。但这家餐厅确实占了制高点,位于伊斯坦布尔位于亚洲部分的一座山顶,是伊斯坦布尔的最高处,便也占据了风光最漂亮的地方。

这是一家花园餐厅,玻璃窗户,玻璃房顶,初春温煦的阳光尽情地挥洒进来,烟波浩渺的博斯普鲁斯海峡尽收眼底,海峡上的第二大桥——"征服者曼哈迈德二世"大桥就在面前,伸手可触。正是中午时分，海面在阳光和云影的作用下或深或浅，宁静得犹如一匹熟睡中的丝绸。成群的海鸥温柔地栖息在水面上，仿佛也进入了它们的白日梦。如果不是间或有白色和红色的快艇驶过，溅起白练一般的浪花，我们面对的简直就像是一幅风景油画，餐厅里任何一面窗都可以是镶嵌起它们的画框。

对岸就是欧洲，一人身处两大洲，感觉很奇特，几乎所有的人开始落座餐厅里，都没有顾得上品尝餐桌上早摆好的开胃酒和沙拉，而是被眼前的景色惊呆了。

只有一个人除外，就是坐在我身边的舟舟。

这位中国残疾艺术团的指挥家，对窗外美丽的风光根本不屑一顾，嘴噘了起来，不高兴起来，索性双手往餐桌上一摊，头像是断了秧的瓜，"啪"的一声，使劲趴在桌上。不仅仅是我，几乎所有的人都知道，这是舟舟的习惯动作。他是馋肉了。除了音乐，他最喜欢的就是吃肉，如果有一顿饭没有肉，他就会是这样子。这位在国内国外已经鼎鼎有名的指挥家，虽然二十五岁了，智商却只是和几岁的小孩子一样，他就是要吃肉，他就是这样喜形于色，谁都能够理解一个弱智的孩子的。于是，几乎所有的人都从眼前的景色中被拉了回来，纷纷招呼餐厅的人员，请他们赶紧给舟舟上肉。土耳其的服务员摇摇头，谁也听不懂我们的召唤，直到翻译把漂亮的餐厅女老板请来，一身藕荷色套装的女老板搂住舟舟笑了，不一会儿亲自把一盘地道的香喷喷的土耳其烤肉端到舟舟的面前。

风卷残云，舟舟心满意足地吃完了整整一盘烤肉，抹抹嘴，抬起头，望着一直站在他身边的女老板，嘿嘿地笑了起来。我们都知道，除了音乐和吃肉，他的另一个喜爱就是漂亮的女人。他忽然指指透明的玻璃房顶问女老板："这是做什么用的呀？"这话在我听来近乎见到漂亮的女人想套近乎而没话找话，那意图过于明显而拙劣，引起大家的笑声。有人在尽情地和舟舟开着玩笑，餐厅里一下子热闹开来。

女老板没有听明白笑声的含义，在耐心地告诉他："这个玻璃房顶在夏天可以拆下来，整个餐厅就是露天的了，就能够享受海风了。"说起她的餐厅就像抚摸着自己的宠物，又不无几分得意地对他说，"那时候，到这里来的人非常多，要事先预订才行，当然，如果你要来的话，我会给你预留位子的，还有你的烤肉……"

就在这时候，餐厅里响起了音乐，先是轻柔得如同风起于青萍之末，然后渐渐地回荡在整个餐厅。这是餐厅音响里特意放出来的音乐，开始谁也没有在意，都在津津有味地听女老板讲她漂亮的餐厅。夏天是伊斯坦布尔人们最爱来的地方，舟舟却忽然站了起来，我看见他的眼睛已经从女老板的脸上转移了，那张长得国际通行的弱智儿的脸庞像拨浪鼓似的来回晃，他是在找音乐是从什么地方跑出来的，好奇得像是孩子在找童话里藏着的什么宝贝。

女老板停住了话音，所有的人都好奇地把目光转移到了舟舟的身上，谁也不清楚他要干什么。我发现那一刻舟舟根本没有注意到大家，他的眼睛里全是音乐，他的一双圆嘟嘟像藕节的手指情不自禁地抬起来，一只手里不知什么时候拿着刚才喝饮料的吸管，权且当成了他的指挥棒。吸管轻轻地动了两下，他在试探着，在寻找节奏，像蚯蚓小心翼翼在找一个突破口，好钻出土露出头来。很快，他就找到了，就像骑上了马背的骑手，哪怕马儿跑得再野也驾驭自如，音乐的旋律像是马缰绳似的，一下子被他抓在手心里，那样驯服。他指挥了起来，很有韵律，吸管舞动，双手翩飞，从玻璃房顶洒进来的阳光，跳跃在他的手指上，一闪一闪的，和窗外博斯普鲁斯海峡微微抖动的涟漪一样。

那是威尔第的歌剧音乐《西西里晚祷》的序曲，很幽雅，弦乐尤其美。

那一刻，再迷人的风景，再美味的烤肉，再漂亮的女人，也要让位给威尔第了。他指挥得是那样地投入，那样地忘情，那样和音乐融为一体，俗虑尘怀，爽然尽释。别看他只是个弱智儿，却比我们在场的任何一个正常人都迅速地进入了一种天清气爽的境界。音乐给他插上了翅膀，那一瞬间，舟舟真的站在这个世界的制高点上了。

2004 年春写于北京

看到童自荣先生

那天晚上，在电视里看到了童自荣先生，他在接受记者的访谈，很感激地对记者说你还能够记着我。也是，现在的年轻人知道天王巨星的多，知道他的已经很少了，在新的商业时代里，包括童自荣先生在内的很多过去的明星，已经被无情地遗忘了。时尚的明星和插科打诨的笑星，越来越占据电视的屏幕，谁还在乎一个一直是躲在幕后的配音演员。

在电影配音演员里，我最喜欢两个人，一个是邱岳峰，一个便是童自荣。喜欢的原因很简单，他们的声音独具特色与魅力，在新时期开始的年月里，他们以他们的声音让正在打开国门的八面来风拂动人们的脸庞，让那么多的外国电影讲着中国话不胫而走，许多如我一样的人正是听着他们的声音知晓了世界原来是那样地大，还有那样多我们并不知道的东西。历史是以鲜活的事件场面细节构成的，声音也是历史存活的立体背景之一。可以说，在那个特定的年代里，童自荣先生和他的同伴们一起用声音塑造着那段难忘的历史。

只是如今电视里的童自荣显得有些苍老，依然华丽的声音里甚至包含着那样无奈的伤感，与当年他配音的英雄佐罗的形象反差大得让我恍如隔世。听他讲现在为一部电影配音，而且是每场戏都要出场讲话的主角，统统下来只有四五百元的报酬而已，少得莫要说和眼下一集电视剧就要几万的影星相比，即使是和一般中小学老师比也是可怜的。为了给远在国外读书的女儿积攒学费，他不得不屈从给人家当主持、演节目，那钱也少得更是无法和如今当红的明星相比。最让我不堪卒听的是，为了一场他钟爱的朗诵会，他骑着自行车到处磕头作揖、求爷爷告奶奶，其实要的一点儿可怜的赞助费，不过十万元而已，却到处碰壁。童先生如同大战风车的堂吉诃德，为了他心目中的艺术独怆然而泣下。昔日的佐罗几乎沦落为讨要小钱的乞丐一般。

　　童自荣先生今日的冷落与失落，让我想起另一位艺术家，和童先生有相似的命运。那是 1822 年，三十岁的罗西尼拜访了五十二岁的贝多芬。那时的贝多芬穷苦潦倒，而那时的罗西尼却正在富得流油，他有二十多部歌剧在整个欧洲到处上演，每部歌剧、每次演出，都要付给他高额的稿酬，仅仅到英国的一次巡回演出，他就拿到了一七万五千法郎如此可观的酬金。强烈的对比，如贝多芬这样的一代音乐巨匠就这样悲惨地蜷缩在维也纳的角落里而被人无情地遗忘，让罗西尼实在看不下去。在一次梅特尼希公爵举办的豪华晚会上，罗西尼向这些腰缠万贯的贵族提议为凄凉的贝多芬捐一些钱，在场的这些贵族竟然都一言不发。整个纸醉金迷的维也纳就是这样地嫌贫爱富，这样地势利眼，这样地容易健忘。他们早已经忘记了曾经对贝多芬的崇拜，如此移情别恋在新人的身上。他们宁可在罗西尼身上大把大把地抛撒金钱，却冷漠地不肯施舍贝多芬一文钱。

　　在一个小品嬉笑着屏幕、丑星成为电影的主角、孩子唱情歌以为童谣的艺术时代，童自荣先生还天真地生活在过去的梦中。他顽固地希望举办朗诵会，他是用声音介入今日的生活，在万般艰辛之中，他想起当年他还在红时尚未凋谢之际有人请他做广告，却被他认为和自己的艺术太不相关而推辞了。他可贵地保持着一个属于过去年代艺术家的清高，便也只好守住清贫。

电视的最后，童自荣先生说他不大看电视，只是爱坐在阳台的藤椅上听收音机。看着那把藤椅和收音机都已经老式破旧，他在不断地转动着收音机上的按钮，我的心里不是滋味。不管我们是多么地不情愿，面对盗版光碟遍地开花、人们的外语水平不断提高的事实，电影配音走向低谷而且会继续走跌是可以想象的情景。望着电视屏幕上最后出现的童自荣先生抱着收音机在听的镜头，我不知道，那一刻收音机里传出的是什么声音，是音乐？是电影？还是朗诵？我知道，一辈子和声音打交道的人，对声音最敏感，也最钟情。在声音里，他会和自己的青春与梦想重逢。

2008 年于北京

宋飞为什么流泪

电视镜头前的宋飞在流泪。面对她，我非常感动，也非常敬佩。一个二胡演奏家，中国音乐学院的教师，二胡专业招生考试十五位考官之一，宋飞以无比可贵的勇气和无可争辩的事实指出此次考试的不公正。

我知道艺术院校招生的不公正，并不是从今日始。因为我自己是从中央戏剧学院毕业，每年招生前后总有人找我，以为我能够帮上他们的忙。可惜，我与母校已经没有任何联系，烧香都找不到庙门，爱莫能助常常让我感到惭愧。但是，每年，我从这些人的嘴里都能够听说许多在招生的不公正，乃至丑闻。一位外地来的学生就是花了几万元钱，考进了母校的大专班。不过，我始终不敢或者是不愿意相信这一切是真的，毕竟是艺术院校，是圣洁的殿堂。我总希望有老师能够站出来，告诉我这一切的事实。

现在，宋飞站出来了，告诉我这一切并不是空穴来风。她说艺术考试当然会有仁者见仁智者见智的一定弹性，但那只能把红说成浅红，不可能说成黑这样的颠倒。她说应该招进来的孩子没有招进来，是对孩子的犯罪。也就是说，我们的艺术院校现在正在进行着这样的犯罪，而毫无羞耻，而冠冕堂皇（因为考试程序没有毛病，即使你告，也无法重新查阅考试录像，况且此次考试根本没有录像），而把艺术当成一面旗子，想扬起来就扬在自己的手中，想卷起来就垫在自己的屁股下面。宋飞无法不流泪。

我想起自己报考中央戏剧学院，是六十年代的事情。那时，我只是一个孩子，出身平民，又无师从名门，但是初试、复试都通过了，录取通知书也来了，一切正常得没有任何波澜。我同班的另一个同学，报考中国音乐学院，也是二胡专业，同我一样，也是出身平民，又无师从名门，而且还有一样共同点，是我们出身都不好，他完全是自学，天天对着我们教学楼大厅那面大镜子拉《赛马》，和我一样也考中了，正常得没有如今的一点儿节外生枝。我一直困惑不解的是社会发展到今天，我们的艺术、艺术院校，乃至我们的教育和良心道德，是进步了，还是堕落了？回忆以前的事情，并不是说以前的岁月就那么好，但起码那时少一些今天的不公正，孔子的"有教无类"的传统还没有从人们的心里连根拔掉。

面对宋飞的流泪，也许我们多少能够理解了。艺术相对社会其他方面，即使如今已经谈不上神圣，也应该是一个相对干净的地方吧。如果连艺术的领域，甚至连艺术教育的殿堂都变得蝇营狗苟，让我们相信哪里还能够有一片干净的绿洲呢？宋飞说：如果让孩子认为我们以前教他们的真善美是错误的，艺术的纯洁是没有的，像我们小时候一样能够让他们对明天充满希望……她说不下去了。所以，她站了出来，不顾自己的声誉、地位这些许多人羡慕并孜孜以求的既得利益，站了出来。我知道，那是一个教师的，也是一个艺术家的良心、人格与道德的支撑与体现。

不过，我还有一个困惑的问题，中国音乐学院二胡专业十五名考官，为什么只有宋飞一人站出来？难道只有一个宋飞看出了问题吗？问题又是出自这十五名考官中的哪几位呢？常识告诉我们，十五人中只要有四人为同一名考生打出高分或低分，就会左右最终的成绩，影响一个孩子的前程。也就是说，问题肯定出现在这十五名考官中。过去，我们说大堂上的县官草菅人命，现在，这样的考官又何尝不是在草菅人命呢？可怕的是，考试程序没有毛病，但结果出了毛病——用我报考戏剧学院的年代的语言叫作"打着红旗反红旗"。毛病到底出在哪里？宋飞说，出在心里、脑子里。她说，这股力量不是一个人、两个人。那么，这股力量到底来自何处？其实，我们的心里都非常的清楚，源洁则流清，形端则影直，在一个道德沦丧价值失衡的时代，逐物意移、唯利是图，是许多识时务者的自以为聪明的选择。古人尚且知道，饥不从猛虎食，暮不从野雀栖，我们却已经饥不择食要从学生嘴里夺食了，这不是一个时代的悲剧又是什么呢？

宋飞举了她上学时老院长讲过的三个词：洪水、大学、交易。老院长问学生这三个词代表什么意思？学生们说，洪水代表着灾难，大学是学知识的神圣的地方，交易是欲望。老院长说，如果大学已经没有知识，只有交易，会不会是洪水一样的灾难呢？

这才是宋飞真正哭泣的原因。守正为心、火不侵玉的宋飞，知道仅仅用个人的力量是挽救不了教育的不公正的，道德的力量也是挽救不了社会道德的沦丧的。宋飞的悲哀，其实是我们社会深刻的悲哀。因为不仅仅是教育，包括诸如各类评奖、职称评审、官位升迁，乃至司法等方面，类似的不公正却涂饰着程序的冠冕堂皇而让人们哭诉无门的现象还少吗？除了应该向宋飞致敬，我们不应该反躬自省吗？其实，解决这样不公正的一个最便捷的方法，就是把诸如十五位考官（或评委）的评分（或评语）公之于众，便也就容易看清楚一些问题了。

如果我们暂时还做不到公正和公平，起码先做到公开吧。

2007 年于北京

激情的舞台

　　如今的舞台，让人失望。我已经很久没有进剧院看舞台，看舞台上演出的话剧了。虽然我曾经是中央戏剧学院科班学话剧出身。话剧离我是那样遥远。如今的舞台上，已经让小品和杂耍似的晚会闹腾得乱红迷眼。想起布莱希特在话剧《伽利略传》中说过的话："没有英雄的时代该是多么地可悲!"其实，也可以说：没有话剧的舞台该是多么地可悲!

　　当然，这里指的是好话剧，才会和舞台相映生辉。一座城市的舞台，从来都是这座城市风情的晴雨表；一座城市的剧院，是这座城市的艺术象征。

今年夏天，我看了两场话剧，久违的舞台一下子让我那样亲近，那样激动，那样怀念，甚至让我感到与它疏远，缺乏对它忠诚的懊悔。

一场话剧是中央实验话剧院演出的《生死场》。在北京最热的时候，看一群年轻的导演（导演才三十岁）和演员火爆的演出。成业、金枝、赵三、三婆、二里半……就连仅仅作为背景衬托的四个村民的人物，也都个个演得身手不凡，个个恨如山、爱如海、激情如火，他们将萧红的精魂演绎得激情澎湃。古希腊悲剧中雕塑般的造型、我国京戏里锣鼓点衬托下铿锵的念白、布莱希特的间离效果、电影里的闪回、皮影戏里的感觉……他们一切为我所用，年轻的胃口好得很，消化得连点儿渣滓都不剩，运用得那样恰到好处、天衣无缝，将舞台调动得像人一样活了起来，充满情欲、充满爱恨、充满朝气、充满激情、充满希望。他们让我看到已经被我们变得越来越萎缩、窄小的舞台无限伸展的可能性，让我感到一种由话剧变得越来越萎缩乃至死亡的激动之情，现在由他们重新燃烧起心中的激动。原来，话剧还可以这样演；原来，舞台还能够这样激情洋溢，充满着由话剧带来的独特魅力。

如今，让我们感动的演出也许还有不少，因为我们的艺术越来越会学一些好莱坞的煽情手段，专门去捅观众的腰眼和泪腺，而真正让我们激动的演出实在并不多。感动，可能会拨动了我们的心；激动，却是穿过我们的心震撼着我们的灵魂。

走出剧院的时候，我在想为什么他们能让我这样地激动，是因为年轻的力量，只有年轻才会让激动从自娱自乐或自淫自虐的麻木的灰烬中重新燃起，随风而至。但是，当我走到大街上，我知道我的这个想法并不见得对。街上的夜市正灯红酒绿、炊烟缭绕，各种肉香和脂粉香水的香味混杂一起，在夜晚的热风中荡漾，刺人的鼻子。同样年轻的年龄，眼前这些憧憧人影，和刚才舞台上那些捂着大棉袄、缅裆裤的东北汉子、婆子的生活拉开这样大的距离，似乎都有了一种不真实的感觉，舞台上下都有些模糊。不知道眼前的这些年轻人还会不会想起萧红时代的日子，便总有种"隔江犹唱后庭花"的感觉，舞台上下之间的距离拉得这样遥远，像历史一样遥远。刚才舞台那激情和激动，显得是那样短暂，也许才更为珍贵。

我看的另一场话剧是在初夏之夜，看上海戏剧学院演出的话剧《家》。演员是更为年轻的一代，都是表演系今年毕业的二十岁的学生，舞台上更是充满青春的朝气和激情。即使是鸣凤凄凉的死、梅表姐和觉新悲伤的别离，也是属于青春的悲凉和惆怅，也是美的。怎么也比满场都是浓妆遮不住一张皱纹的老脸却扮演的青春要让人舒服。

不管怎么说，青春真是美好的，生命真是美好的。这是我看完这场话剧的第一感受。并不只是在话剧的舞台上，青春在和我们暌违，在一个越发老年化的社会，青春只是幼稚的代名词，而不是舞台上的生力军。想想巴金当年写出这部《家》，曹禺改编这部《家》的时候，都是青春勃发的年龄。现在，他们还能再写出这样喷薄着青春血液和激情的东西吗？

如果说看《生死场》，让我想起的是血泪混杂的历史、是生死交织的人生；看《家》，让我想起的是青春，是转瞬即逝去的青春，是惊鸿一闪的青春。想自己当年如果不是"文化大革命"突然爆发，不是也考入了中央戏剧学院的表演系，毕业的演出不也是会演出《家》吗？或许，我也会演觉慧的角色，或是只有几句台词的打更的老头。可是，青春和我告别，舞台和我告别，虽然我始终渴望哪怕能有一次演出话剧的机会，但我只能羡慕眼前舞台上这些年轻的觉新、觉慧、鸣凤和瑞珏们。

还想起粉碎"四人帮"后，我"二进宫"再次考入中央戏剧学院，是读文学系，请来曹禺给我们讲课，坐在台上的曹禺和曾经被曹禺批判过"穿裙子的埃古"的我们的系主任孙家琇先生，已经相逢一笑泯恩仇，却都是两鬓苍苍。我才知道世界上最残酷也最公正的东西其实是时间，而最可怀念的只有青春。虽然青春的时节常会像觉新、觉慧犯这样那样的错误。青春过去了，错误减少了，生命也萎缩了。

坐在我周围的观众大多是上了年龄的或是年轻的人，家本身在这样两部分人心目中的概念、构想和位置是不一样的，看话剧《家》的感触自然也就不一样。年龄大的人边看边在悄悄擦眼角，年轻人却在嚼着口香糖偷偷地笑。对于年龄大的人来说，《家》让人怀旧，觉新对爱的忠贞不渝，觉慧对爱的贫贱不移，都会让人感慨嘘唏。年轻的一代，还会再如梅表姐至死不嫁、爱恨至死吗？还会如瑞珏用自己一生的爱去融化一个并不爱自己人的心吗？也许，鸣凤会很高兴地傍在冯乐山身边当二奶，觉新会像电视剧《牵手》里的钟锐将家里家外的瑞珏和梅表姐两只纤纤玉手明牵暗系，早犯不上又是吃药又是吹箫自我折磨，一封情书关山难渡，咫尺又是天涯，愣是发不出去。

不管台上演得如何悲欢离合、涕泪俱下，台底下 BP 机旁若无人不时在清澈鸣响，现代化的声音在给半个多世纪以前的故事伴奏。台上台下一台戏，只不过是各演各的戏。人生如寄，雪泥鸿爪，青春只是一个名词，时代不同，所存留下的痕迹并不尽相同，便会演绎出不同版本的《家》来。

　　也许，看的《生死场》和《家》这两场话剧只是巧合，还是有些意思，茫茫生死之间，连接着的是家。当然，也可以这样说：家像是一个大大的饺子皮，将生死两种馅儿包在一起。话剧和一切艺术都是捏在它上面漂亮的褶儿。

1999 年夏日于北京

《平凡的世界》中的我们

　　电视剧《平凡的世界》公演后，颇引热议。隆重的讨论会上一边倒的盛赞，坊间鲜花与板砖齐飞的众口难调，是目前电视剧中很少见到的现象。对于这部电祝剧彼此各异的立场，不仅见到如今艺术审美的功力之心和价值系统的倾斜，也见到如今我们好的艺术作品确实少的尴尬和渴求以及从民间到官方的投入。

　　说心里话，我看这部电视剧，心情很复杂。对比路遥的小说，两种文本的交错中间，夹杂着近三十年世态人心以及文学艺术观念的变化，让一部电视剧成了一面多棱镜，呈现出超出电视剧自身的多重镜像。这些镜像中，既有三十年前也有三十年后的我们自己。应该说，这是这部电视剧意外的也是最大的收获。想想前不久同样写农民的电视剧《老农民》，那种完全依托历史教科书的艺术演绎，是难得拥有这样艺术与人生、历史与现实的多重效果的。

三十年后，重新审视小说，其最大的特点，是以朴素而执着、坚定而厚实的写实笔墨，刻画了一个动荡变革的时代中，处于农村最底层的普通人在这样时代中的颠簸、磨难、挣扎，迷茫中的无奈、不甘和期望。坚实的生活和对现实奋争的追求发乎于心的真诚，是其最重要的两翼，方才使这部小说在三十年后没有成为一个标本，而还能够在我们的头顶飞翔。同时，小说气魄很大，梦想构造那个时代以农村为轴心而辐射开来的全景世界。其小说名《平凡的世界》中的世界，不仅仅是平凡的连缀，而是平凡通达并占领的天地。

但是，在塑造人物的写作法则上，这部小说并非人们所称赞的那样，是经典的现实主义，而因其理想的振翅，有浪漫的色彩。正因为并非地道的现实主义，小说中的两位主要人物少平和少安，明显可以看到柳青和俄苏文学的影子，理想化的色彩涂抹在苍凉的黄土高原上。特别是少平，有着浓重的保尔·柯察金的性格发展逻辑，而与他相连的晓霞则是冬妮娅的变体，后面处处指导少平闯世界的高瞻远瞩，则有几分《青春之歌》里林道静的引路人林红、江华等人的姿态。他们所共有的概念化倾向是极其明显的。

在小说中，关于女人的形象，不仅晓霞，出现的不少女人，包括少安的妹妹兰香，后来爱恋少平的秀儿，以及不要彩礼的少安媳妇秀莲，都别出一格。对于少安兄妹的爱情如此一厢情愿地倾斜，不是当官的孩子，就是有文化的大学生，要不就是心甘情愿、毫无理由地倒贴的痴情者。这样对于女性的想象，其实只是路遥的主观想象而已。

这样主观的想象，还表现在对于历史的描述，历史进程完全吻合农民的要求，这样以后来的目光观照历史的态度，并不是真正的现实主义，而是和电视剧《老农民》一种创作路数，只不过一浅一深。

如果我们客观看待路遥的这部小说，再来看电视剧，便会容易看明白其长处与短处，也可以看出编导者的良苦用心和当代影视难以逾越的短板。

客观地讲，电视剧以朴实的叙事策略和演员尽职的表演，忠诚完成并尽可能挖掘了上述小说中朴素生活和美好理想的两大长处。但是，却没有完成路遥对世界宏大叙事和占领的梦想。这一点的责任，不能完全怪电视剧的编导，因为在小说中也没有能够完成路遥原本对世界之梦的实现。他实在去世得过早。

更重要的是，电视剧对小说塑造人物方面的弱处，没有警觉地节制、修正和弥补，相反进行了放大，沿着这样的轨道，极其舒服地滑向更远。还是说少平与少安，概念化得到进一步的彰显。如果说少平怀揣一本书闯荡世界的梦，多少还有那个时代的影子，但是，小说中的少平并不只是一个唱励志歌的游吟诗人，让少平和晓霞大段背诵纳吉宾小说原有的情节中故意渲染，添加下雨的戏剧情境，则更像学生拙劣的舞台剧。升为主角的少安，则集万千苦难与传统品德于一身，有些像是以前《金光大道》里的"高大全"了。将本是福堂炸山造平原学大寨的左的举动，移花接木到少安身上；让本不在现场的少安出现在抢水豁坝的危急时刻，并以极端戏剧性的场面强化在少安身上；都可以看出编导者不仅认同小说的弱处，还觉得不过瘾，方才如此不惜画蛇添足也要拼命加戏于一人身上。

尽管比肆意编织情节的《红高粱》的改编要好得多，但是，这些编戏的策略，已经成为如今电视剧难以根治的病根。那便不是从原著出发，更不是从人物出发，而只是从吸引观众眼球出发。应该说，这是这部电视剧最大的败笔。如果小说中的局限是历史的局限，那么电视剧的局限，则是如今我们艺术与思想的双重问题的症结。在这一点上，我们对于生活与艺术的认知水准与态度，恐怕还未及路遥。因为我们没有表现出改进和超越路遥历史局限的能力，相反在扩大这种局限，轻车熟路沿地着这种局限在延伸。

好的影视作品的改编，没有不对原著进行删减和增添的，但是，那些删减和增添，最见思想和艺术的双重功力。坦率地讲，迫于收视率的压力，眼下对于经典改编的电视剧的整体水平，不如以前的《四世同堂》《围城》，甚至《金粉世家》等电视剧。

这样一部努力了却依然不尽如人意的电视剧，为什么依然会引得上下两代人的关注和热议？这是一种很有意思的文化现象。除了人们对于好的艺术作品的怀念与期盼的因素之外，在我看来，是人们会在电视剧这面镜子中看到自己。今天的年轻人，依然会在少平和少安的身上，看到因为种种梦想而离开家乡闯荡世界和因为种种原因而坚守家乡却更加无奈的我们自己。而对于与路遥相仿年龄经历过他所书写的那段历史的我们这样一代人而言，在这部电视剧中，不仅看到那个时候的我们自己，还看到了那个时候我们的文学：纯真、质朴、幼稚，甚至虚妄，却充满真诚和理想。而这一切，在颜值增加的电视剧中，却品质变形，甚至远去。

2015 年 3 月 25 日于北京

改弦更张的背后

　　肯定不是有意在打擂，但央视一套的电视剧《咱们结婚吧》，和北京卫视的电视剧《老有所依》，几乎同时播映，无形中形成了明显的对比，让观众有了各自的选择和评判。如今，两部电视剧都要收尾，各自的走向不同，引导观众心理反应的走向也不尽相同。

　　这是完全两种不同内容的电视剧，一边虽说是剩男剩女，毕竟还抓住了青春的尾巴，依然属于向青春致敬的靓丽面庞，虽然女神的脸上涂抹着过厚的粉底霜；一边则是老年人几乎穷途末路、风烛残年的众生相，已经是满脸沧桑，皱纹纵横。一边是即使失业也仍然住着大房子、开着小汽车、喝都要喝着奶茶、过着衣食无忧的中产阶级生活；一边则是虽然有退休金却要为看病、住房、再婚、空巢养老以及为儿女忧愁担心的底层生活。一边是打打闹闹、装傻充愣的恐婚恨嫁，却要装点精致得如同磨花水晶玻璃一般磕磕碰碰谈情说爱；一边则是含泪带啼的粗糙得如同千疮百孔的搓脚石的暮色晚景。一边以年轻人为主，也有老年人，却都被凯丽、田岷和徐松子演绎成了半疯，属于明显夸张的戏剧表演；一边以老年人为主，也有年轻人，除了咪子演得分寸有点过，其余都还真实可信。

显然，内容的不同，戏剧构成的范式、导演的美学追求和表演风格的形式，都不尽相同，其不同的根本原因，在于关注的焦点不同。《咱们结婚吧》关注的与其说是大龄男女的婚恋现象，不如说更为关注的是欲望都市里男欢女爱的杯水风波，调制的是一杯色彩明艳而可口的鸡尾酒。那么《老有所依》关注的则是中国越来越严重的老年化社会触目惊心的现实，那不能说是一杯苦酒，起码不是泡沫喷涌的碳酸饮料，在不得不品尝之后，会兔死狐悲地想想我们自己老了该如何面对同样的人生困境。如果说《咱们结婚吧》是慢慢啜饮鸡尾酒之后温馨地递给我们一个痒痒挠；《老有所依》递给我们的是一根带刺的荆棘。因此，一部轻松活泼，一部沉重苍凉，甚至有些压抑；一部拍成了轻喜剧，轻轻撩拨一池春水涟漪；一部拍成了纪实片，含芒带刺刺痛了我们敏感的神经，便是再自然不过的事情了。

作为大众文化中当今最受大众追捧的电视连续剧，从来都是大众心理的晴雨表。不能要求所有的电视剧都拍成沉郁凝重的现实片，轻喜剧甚至完全搞笑的喜剧，也都有各自存在的理由，可以满足不同受众的需求。只是，如今在电视屏幕中呈现的电视剧，样式过于单一，轻喜剧过多，谍战剧过多，婆婆妈妈的家庭剧过多，古装穿越剧过多，如《老有所依》这样向现实靠拢并有意针砭现实的电视剧实在太少。这样的电视剧的格局，实际上是我们当前大众文化乃至整个文化所呈现的一种值得关注和研究的现象。我们有意或无意地顾此失彼的选择，实际是在情不自禁甚至在喜不自禁地沿着一种回避现实的滑梯，舒舒服服并姿势优美地向一种虚拟甚至是粉饰、矫饰的方向下滑，滑进人造泳池中的蘑菇池中，却以为是波光潋滟的大海。

我想起在十九世纪的巴黎曾经出现的艺术情景。那时，法国经历了 1793 年的大革命动荡之后，出现了经济复苏，尤其是都市的灯红酒绿、歌舞升平，迅速地将过去的血腥变成了高脚杯里猩红的葡萄酒。由此，人们的心态和文化的表现，都有了巨大的变化。那时，巴黎的歌剧就如同我们今天的电视剧一样时髦，其中两大类歌剧最为走俏：一类是以梅耶贝尔和奥柏为代表的大歌剧，讲究浮华的大场面、大制作、大题材；一类是以奥芬巴赫和古诺为代表的轻歌剧、喜歌剧，追求的是轻松和娱乐性。想想，如今，我们的电影，难道不也是所谓大片和贺岁搞笑片这样两种走俏吗？在这样的文化潮流的裹挟下，电视剧出现的对现实回避而一味轻喜剧化的现象，不过是电影的翻版而已，甚至比电影更甚。面对从政治时代到经济时代同样的历史转型期，艺术和现实的规律与表现，我们竟然无师自通而和一百多年前的巴黎如此惊人地相似，实在是值得警醒的。

我赞赏赵宝刚，在轻车熟路导演了一系列青春的轻喜剧饱受好评之后，他明智地选择了直面现实的老年题材《老有所依》，他有意地退去了青春脸上的脂粉和腮红，而把追光落在老人苍凉的脸庞上。几乎是路径相反，刘江在导演了比《老有所依》更要直面现实的《岁月》受到挫折之后，他迷途知返，聪明而迅速地改弦更张，转向了轻喜剧，替青春即将逝去的男女脸上重施一道彩妆，企望遮盖岁月曾经的风霜。

我不能说，一个是有意的转身，一个是无奈的屈从。我只能说，改弦更张的背后，是艺术从业者对眼下大众文化的认知与把握，是和大众文化冲击与裹挟乃至变异一切艺术的强大力量。在大众文化的潮流中，电视剧想在潮头而立是不容易的，不同的选择有各自不同的道理，轻松娱乐不是什么错，奥芬巴赫和古诺依然是法国著名的音乐家。只不过，这样都想出新却各自寻求不同出口的转折充满悖论。想起法国学者安托瓦纳·贡巴尼翁在《现代性的五个悖论》中曾经一针见血说过的话："大众艺术出新的一点，在于它预见到通过市场机制可以得到'自我'补偿，见到此加以利用。"

其实，自我补偿可以通过很多其他的方式和途径，市场不是唯一，电视剧的收视率不是唯一。有眼光、有抱负、有艺术追求的导演，面对大众文化中的大众，是屈从迎合他们，还是引导提升他们，关乎着电视剧乃至大众文化未来的发展。

2013 年 12 月 9 日

繁华落尽后

雪后到国家大剧院看话剧《风雪夜归人》，心里充满期待，也担忧。这是一部七十年前的老戏，妓女与戏子，中间横插着官僚与小人，老套的情节与人物的演绎，特别是妓女玉春这一形象，带有明显说教色彩的启蒙者的意味，会不会让今天的人特别是年轻人感到新意乏陈而有所抵触？

没有想到，无论表导演还是服装、舞美、音乐，都被处理得朴素熨帖；其戏的主旨，美与丑、高贵和卑贱、别人手中的玩意儿和不甘当玩意儿的自由解脱，都被提炼得真实，并与现实衔接得可触可摸，足可以触动有心人，让人感慨戏并没有完全过时，而仅仅沦为一则怀旧的老歌，一件可以把玩的带有包浆的古董。

除了王新贵的表演者有着明显的表演痕迹，魏莲生和苏弘基，乃至李蓉生和马二傻等配角，都表演得很有节制，很朴素，一点儿不张扬。正因为前面的表演不着痕迹，苏弘基最后那一嗓子"玉春儿"，才格外惊心，将那种百感交集的感情以语言的形式表现出来，将话剧艺术的魅力还原于"话"的本身，而不是借用外在形式过于用力地包装。

更为值得一提的是导演任鸣，没有将戏编织成一天云锦般绚烂，而是朴实却针脚细密，剪接得如一套旧戏装，风尘仆仆，汗迹重重，又有水袖轻拂，裙珰叮咚，簪花袭人，暗香浮动。特别是结尾处，戏子莲生倒毙于大雪纷飞之中，天幕中莲生复活，持前后贯穿的那枚道具，一把折扇，一袭红衣，翩翩起舞，与白雪映衬，真的让人感动。只要想一想前两年北京人艺复排曹禺的一出老戏《家》，鸣凤沉水自杀，被处理得沿荷花塘反方向以慢动作的形式袅袅舞踣而去的相似处理。便可以看出，此次《风雪夜归人》处理得更为有节制，新颖的艺术手法的运用，点到为止，一点儿不造作，和人物与情景融为一体，留有余味，剧终而魂还在，曲终而人不散。

新时期话剧舞台三十余年来，可以看出话剧人不甘心于斯坦尼一统天下，开始有了布莱希特、奥尼尔、荒诞派、现代派，乃至请来阿瑟米勒现身说法亲自导演激进的左派。一时间，无场次、间离派、意识流、时空交错、跳进跳出，甚至借用电影大片的制作手法、灯光舞美现代高科技的招呼和浩浩荡荡农民工上场的原生态，以及全明星走马灯式的堂会般的大展览……话剧有了前所未有的发展，却也如二八月乱穿衣一样，泥沙俱下，甚至唯新是举，有爱看热闹的，有爱演热闹的，有爱导热闹的。在话剧舞台上，见到的是做加法的多，做减法的少，便水涨船高显得越来越花哨，越来越热闹，越来越臃肿。

在乱花渐欲迷人眼之后，重新看到今天《风雪夜归人》这样做减法而干净利落的话剧，不仅可以看出是导演和演员对前辈吴祖光先生的致敬，是对传统现实主义的致敬，同时，也可以看出繁华落尽见真淳、朴素真诚的艺术，自有其独在的魅力。

艺术，从本质而言，应该是朴素的。古老戏剧本身便是诞生在乡间朴素自然的祭祀活动之中。即使到了十六世纪文艺复兴时期莎士比亚时代鼎盛的话剧，大众舞台上依然是极其朴素的，而非浓墨重彩、峨冠博带。十九世纪，辉煌歌剧的创作者意大利的音乐家威尔第，曾经这样说："没有自然性和纯朴素的艺术，不是艺术。从事物的本质来说，灵感产生纯朴。"他是针对当时那些华而不实的意大利歌剧和当时颇为盛行却颇为注重外在形式而庞大无比的瓦格纳歌剧。

不知从什么时候开始，我们的话剧变得越来越奢华，舞台上从人物到情节到形式变得越来越臃肿。在影视和多媒体的影响和逼迫之下，我们当然可以借鉴并拿来为我所用，但并不是非要向它们靠拢，而将自己削足适履，将话剧变成自己手中可以肆意摆弄的魔方，或眼花缭乱的万花筒。

《风雪夜归人》如今朴素的演绎，有种返璞归真的感觉。它让我想起前不久北京舞台上演出的布鲁克的《情人的西装》，一样也是删繁就简、犹如冰冷骨架的朴素而尖锐。或许，这样两出话剧，能够给予中国话剧一点儿可贵的启示，如同《风雪夜归人》里苏家的那幅前后两次有意出现的对联一样提醒并警醒我们的启示。朴素还是有力量的，这力量来自艺术本身，也来自我们对艺术与现实关系的认知、把握和定力。

2013 年 2 月 1 日于北京

十万春花如梦里

——关于焦菊隐和他的戏剧论文

　　《焦菊隐戏剧论文集》，曹禺先生作序，1979 年上海文艺出版社出版。版权页上写着"1979 年 10 月"，我买到书的时候，是 1980 年年初了。那时候，我正在中央戏剧学院读书。清楚地记得，出我们学院棉花胡同西口不远，在地安门大街有一家新华书店，这本书是那里买到的，才一元六角，便宜得让今天难以置信。如果回忆二十世纪八十年代的读书情景，《东风第一枝》，这应该是那个难忘年代里我读的第一本书。而那个时候，焦先生已经离开我们整整五年了，他是活活被"四人帮"迫害致死的。

严格地讲，这不是一本学术意义上的论文集，其中包括大量的笔记和讲话，有相互的重复和芜杂。焦先生去世得太早，如果天假以年，他留给我们的遗产会更多。但这本书的内容已经很丰富了，因为既有舞台实践，又有理论功底，焦先生的文章不枯不涩，很有嚼头，是迄今为止我读到话剧导演所写的最出色、也是最有学问的一本书。想起当年读这本书的感觉，觉得老北京广德楼戏台前的一副抱柱联，最是符合，也最能概括这本书的丰富多彩："大千秋色在眉头，看遍玉影珠光，重游瞻部；十万春花如梦里，记得丁歌甲舞，曾醉昆仑。"

之所以想起这副和京剧相关的抱柱联，当然有对焦先生不幸的怅然怀旧之情，更主要的是因为最初读这本书的时候，给我感受最深的是，没有一位话剧导演能够像焦先生一样，对京剧艺术有这样深入肌理、富于真知灼见和功力不凡的研究，并有意识地将包括京剧艺术在内的中国戏曲的营养，渗透且滋润于他的话剧导演艺术之中。

或许，这和焦先生解放前自己曾经办过中华戏曲学校有关。在这所戏曲学校里，有过四位京剧大师，其中两位是他的"业师"曹心泉和冯慧麟，另外两位他自己称为"亦师亦友"的王瑶卿和陈墨香。他正经向他们拜师学过艺，在这本书中，他写过这样一桩往事，"内廷供奉"同光十三绝之一徐小香的弟子曹心泉，有一绝活，出台亮相的时候，扇子一摇，九龙口一站，黑绸褶长衫的下摆正好压在白靴底鞋尖那一点儿白上，"嗖"的一声，黑绸褶飘飞起来。这一招焦先生也学过，但就是飘飞不起来。他对中国传统的戏曲艺术，由衷之爱，由此可见。

对于中国的话剧和戏曲，他做过认真的比较，尽管各有所长，他依然客观而尖锐地指出我国话剧"继承十九世纪末叶以来西洋话剧的东西较多，而继承戏曲的东西较少。""终于不如戏曲那么洗练，那么干净利落，动作的语言也不那么响亮，生活节奏也不那么鲜明。"

对于戏曲的程式化、虚拟化、节奏化，他做过认真的研究。对于程式化，他打过一个有趣的比喻，说是"像咱们中药铺里有很多味药一样"，搭配得好，就会效果极佳。对于《长坂坡》的并叙环境，《走新野》的群众过场，《三岔口》的虚拟设置，《甘露寺》的明场处理，《失街亭》的强调动作，《四进士》的人物形象和性格的塑造，《打渔杀家》桂英在草堂里牵挂夫君，一边唱自己的不安，后台传来萧恩在公堂上被杖打的声音，如此情景交相辉映的安排。《放裴》表现裴生的惊慌，用另一个演员打扮成鹤裴生一模一样，在后面亦步亦趋，来展示其失魂落魄，那种充满想象力……他都做过和话剧相关联的仔细对比和探求。他由衷地说："我国戏曲演员所掌握的表演手段，比起话剧来，无疑更为丰富。"

因此，他特别强调话剧要向戏曲学习，他说："作为话剧工作者，不仅应该刻苦钻研斯氏体系，并且更重要的是，要从戏曲表演体系里吸收更多的经验，来丰富和发展我们的话剧。"

焦先生将学习到的这些宝贵的经验，运用到自己话剧导演的实践中。在《茶馆》"卖子"的一场戏里，卖女儿，而且是卖给太监，乡下人手里接过那十两银子，如何表达内心复杂悲凉的感情？焦先生让舞台出现长时间的停顿，然后，后台传来两种声音：一是唱京戏的声音，一是叫卖高庄柿子的声音，那低沉凄凉又哀婉的声音，画外音一样，成了乡下人此时此刻内心的写照。焦先生巧妙地借用了戏曲的声音和形式，将看不见的心情，生动形象地呈现在舞台上。

在《虎符》里，焦先生用了戏曲里最常见的锣鼓经。如姬盗走虎符之后和信陵君在坟地见面，魏王跟踪而来，一下子分别抓住他们两人的手，说道："你们两个人的事情我都知道。"一声"冷锤"，如姬和信陵君的心里都一激灵，以为盗虎符的事情魏王知道了。魏王接着说："知道了你们两人感情的事情。"一阵"五击头"，信陵君和如姬如释重负。显然，戏曲中常用的"冷锤"和"五击头"音响，在这里起到了意想不到的作用，既凸显了心情的起伏，又烘托了气氛的紧张。

焦先生还有意识学习戏曲里的过场戏的处理方法，借鉴在《关汉卿》中。第一场关汉卿看到朱小兰被冤杀，不闭幕，全场暗转，只有四道追光照在关汉卿的脸上，从黑暗中，从关汉卿的主观视角里，隐隐出现市集上的卖艺身影、纤夫的呻吟、行刑队伍的号角和朱小兰微弱的呼冤声。这时候，天幕上恍惚出现朱小兰苍白的幻影。关汉卿站定，声音和幻影消失，关汉卿道："我难道就是一个只能治人家伤风咳嗽的医生？"然后，转下一场，关汉卿开始走向写戏的生涯。

这样的实例，在这本书中有很多，打通西洋话剧和中国戏曲两脉，焦先生做出了富有开创意义的实践工作，这些实践，成了经典，迄今无人可以企及。而焦先生对中国戏曲那种发自身心的热爱和虚怀若谷的学习精神，更是至今让我感动。在谈到戏曲里以少胜多的艺术胜境时，他以京剧《拾玉镯》为例。一个少年在一个少女家门前丢了一个玉镯，少女偷偷拾起，如此简单的情节，却足足演了半个小时。这半个小时的演绎，将少女复杂的心情细致微妙地表现出来。焦先生说："比生活显得更真实。"他同时说："戏曲抓住了某些有典型意义的生活现象，突出其中的矛盾，突出本质，尽量反复渲染强调，这就和生活有了距离。这种距离，恰恰是观众需要的，而我们的话剧，有时既缺少从生活中提炼的东西，又不是抓到一个东西狠狠地强调。这些地方，就需要向戏曲学习。"

如今，我们实在缺少如焦先生这样既懂中国戏曲又懂西洋话剧，同时又能清醒地指陈话剧现实的导演。面对今天有些乱花迷眼的话剧舞台，注重外来形式、高科技灯光、奢华背景的热闹，越来越多，但真正沉潜下心来，让戏曲和话剧彼此营养，最终让话剧受益的努力和实践，焦先生仍然是我们学习的榜样。这本《焦菊隐戏剧论文集》，虽然已经出版了三十余年，仍然值得我们重读并深思。

2013 年 5 月 27 日于北京

我们为什么纪念曹禺

那天，到国家大剧院看曹禺的话剧《原野》，恍若隔世。剧场外的天安门广场上国庆的花坛还没有撤，依然灿烂着，而这里的舞台上却荒草萋萋。导演陈薪伊，演员胡军、吕中、徐帆和濮存昕精彩的演绎，让一出老戏依然意味盎然。一个复仇的母题，却让曹禺翻出新意，父债子还，仇虎痛快淋漓地杀了仇人之后，自己带着心爱的女人，却走不出萋萋原野。选择撞向火车而死，是全剧的结尾，也是仇虎和曹禺共同的选择。

年轻的曹禺是多么厉害，他将人性的复杂、残酷与无奈，写得如此一波三叠，荡气回肠，将他自己的话剧创作和中国的话剧艺术，一起推到如此的高度。对比《雷雨》，他不满足于经典的三一律，奥尼尔的影响和点化，让他在《原野》中更加挥洒自如，浓墨重彩成一幅墨渍水晕淋漓的泼墨大写意。如果照这样的速度和高度前行，他将会给我们带来什么样的惊喜？

今年是曹禺诞辰一百周年，重演他的剧目，无疑是对他最好的纪念。只是，这几个经典剧目都是曹禺年轻时的创作。

《原野》之后，他并没有继续前行，解放之后的几部剧作，勉为其难，让他在原野中迷茫而迷途。粉碎"四人帮"之际，重新编选他自己的剧作选集，他没有选《原野》，他坦诚地直陈自己的迷茫。年老时他对自己更是充满感慨和无奈。作为一名剧作家，他的艺术生命只活在自己的前半生甚至仅仅青春期，可以想象他的痛苦该是何等地彻骨。

纪念曹禺百年诞辰的日子里，最让人易于慨叹曹禺，为什么纪念曹禺，其实是一个沉重的话题。

我想起在中央戏剧学院当学生时，见过他一面，那是刚刚粉碎"四人帮"不久，我们的院长金山先生请他来和我们见面谈话。听他那时的讲话，看他那时的样子，还有朝气，起码气并不衰，却已经是隔江犹唱，时不待我了。舞台上演出的仍然是他年轻时的几出老剧，成为他身后经年不变的背景。其实，这样的背景一直延续至今，并未曾改变，这对于他不知是悲剧还是喜剧？

为什么纪念曹禺？如果剖析他的文艺思想，是极其复杂的，其探索和追求、变异和改造、外因和内因，充满痛苦。他自己曾经说过"一个剧作家应该是一个思想家"，而其自身的"独立见解"更是至关重要。可惜，在他的后半生并没有创作的载体为其这样的思想证明，历史无情地将他自己的思想和才华磨圆磨平，便再也无法写出《原野》棱角突出这样的剧作。这不是他一个人而几乎是一代人的命运，他和他笔下的仇虎一样，迷失在本属于自己的原野之中，这几乎成为他命定般宿命的象征，为他晚年的命运打下伏笔。

为什么纪念曹禺？这样问号，更应该叩问如今的话剧。在当下的舞台上，再难看到《原野》似执意触及和挖掘人性深度的剧目。如今的话剧舞台，表面的浮华和热闹，却掩盖不住内在深刻的危机。在我看来，如今的话剧舞台，虽然不乏好的作品灵光一闪，却被几种这样的话剧所占据：一是生活浅表层的即时性或应景性描摹的现兑现买；一是生活浅薄的搞笑和廉价的形式主义的爆炒；一是经典旧作的不断翻炒；一是借助于经典小说的改编、配之以明星阵容的双味热炒。特别是后两种，不以为是我们对于现实生活的缺位，是我们原创力的匮乏，而以为是如今话剧舞台的一种繁荣。

在商业和政治的双重魅惑下，趋俗或媚上，以及票房和获奖的利益驱动，成为一驾四轮马车，载我们和年轻时的曹禺渐行渐远，更缺乏晚年曹禺的痛苦和反刍的自省，甚至不以为然地遗忘，将思想的原野装点成了邀宠媚时的花坛，让我们轻车熟路很容易使得仇虎、周朴园、陈白露的个性与人性，和后来的曹禺一样磨圆磨平。于是，我们只能更卖力而出色地表演年轻时曹禺的剧目，在舞台的舞美等形式上长袖善舞、变换翻新，重新阐释年轻时候的曹禺，却无法借助于曹禺年轻时有力的肩膀、晚年的痛苦的心灵，而形成我们自己的双飞翼，去超越曹禺。相反，我们习惯成自然，以为只有这样才是对曹禺的纪念。

2010 年 10 月 29 日于北京

如何纪念老舍先生

纪念老舍先生诞辰一百一十周年的日子里，他的作品一下子流行起来，热闹了起来。舞台上，今年年初，北京人艺将老舍先生的《骆驼祥子》《龙须沟》《茶馆》三部剧作重新搬上舞台；电视屏幕里，新版《四世同堂》刚播完，紧接着《龙须沟》又粉墨登场台。无疑这都是对老舍先生最好的纪念。在称赞的同时，需要对几部作品做一番比较，看看其成败得失，更看看我们应该如何纪念老舍先生才是。

先说这三部话剧，不禁对人艺艺术家精彩的演出由衷地敬佩，看得出他们不满足于以往曾经深深刻印下的前车与后辙，而希望以自己的重新演绎，努力接近并还原一个真实的老舍先生。

看完这三部话剧之后，还有一个由衷的感慨，那就是老舍先生真的是厉害。孙犁先生曾论说作家生死两态：人生舞台，曲不终，而人已不见；或曲已终，而仍见人。显然，老舍先生属于令人尊敬的后者。无论作为小说家，还是作为剧作家，在中国的文学史上，还真的很少有人能够与之匹敌。一个作家，在他逝世四十余年之后，还能有如此之多、如此之富于生命力的作品活跃在今天的舞台上，和我们呼吸与共、心息相通，老舍先生是不朽的。

无疑，在这三部剧作中，《茶馆》是老舍先生的扛鼎之作，也是人艺拿捏得最为炉火纯青的精品。其高度概括的艺术力、气势宏大的叙述力，浓缩人生、人性和历史、时代；其丰富生动的语言、新颖别致的形式，开创话剧舞台创新之风。它是老舍先生内心深处艺术风光旖旎的一块风水宝地。新一代人艺的演出者，是踩在老舍如此辉煌的剧本之上和于是之等前辈艺术家的肩膀之上，他们的理解、创造和发挥，得益于此。最接近老舍先生，也最能够还原老舍先生的，是这部《茶馆》。看完

《茶馆》，看见大幕之上远远地站着老舍先生。

　　演出结束之后，走在散场人群中，我听到一位观众朋友的话：温总理刚刚讲完让咱们老百姓活得有尊严，这出戏可是让咱们看到了什么叫作活得没尊严。

　　他的话令我心头一震。是因为有总理的话在先，《茶馆》这出戏便也打上了尊严的烙印？或者是王掌柜重新挂上了一块新的招牌？我看，无论王掌柜，还是演员和导演，倒未必如这位观众一样，真的是为了呼应这一点。但是，这位观众的话，应该引起我们的深思。以往，我们谈及人艺的风格，都愿意说是北京味儿。没错，地道的北京味儿，已经成了人艺醒目的特色。只是，我以为，北京味儿，似乎还概括不了人艺的风格，或者说人艺的风格不应该止步于此。就像北京王致和的臭豆腐，其独特的臭味，并不能完全概括其风格，还得是豆腐本身，才能体味到更为丰富的滋味和内容。

　　在我看来，半个多世纪人艺上演的剧目，凡优秀能传下来的剧目，莫不是这位观众所说的话，表达了人的尊严的主题，除《茶馆》外，再如老舍先生的《骆驼祥子》，再如后来何冀平的《天下第一楼》等。只是，基本上都是表达了在特定的历史时期，人的尊严的沦落和丧失，它们把底层小人物的命运的悲哀，抒发得淋漓尽致。应该说，这一点上，谁也没有人艺演出得更出色。

记得最开始演出《茶馆》的时候，曾经有人建议加强人物的革命性，即让人的尊严更为主动地争取和发扬光大，老舍先生曾经明确地表达了自己的意见："有人认为此剧的故事性不强，并且建议，用康顺子的遭遇和庞大力的革命为主，去发展剧情，可能比我写的更像戏剧。我感谢这种建议，可是不能采用，因为那么一来，我的葬送三个时代的目的就难达到了。"

老舍先生说的三个时代，即剧中三幕分别写到的清末戊戌变法、军阀混战和日本侵占北平这样横跨五十年历史的时代。三个时代的葬送，是以小人物尊严的沦丧为昂贵代价的。看三个老头蹒跚在台上撒纸钱，祭奠自己和那些被埋葬的时代，同时真的是道出了那个时代小人物尊严的被践踏和无处藏身的悲凉。所以，老舍先生说《茶馆》这出戏就是"用这些小人物怎么活着和怎么死的，来说明那些时代的啼笑皆非的形形色色"。这些小人物怎么活着和怎么死的？一句话，是没有尊严地活着和没尊严地死的。

当年《茶馆》一度引起演出风波，周总理出面才又复演的。周总理说：这样的戏应该演，应该叫新社会的青年知道，旧社会是多么地可怕。现在，还应该再加上一句：人们活得又是多么地没有尊严。

这正是今天复排《茶馆》的现实意义。它从艺术的一个侧面告诉我们，对于中国老百姓，尊严的话题，曾经实在是太沉重，老舍的《茶馆》经过了三个时代半个世纪的颠簸，尊严还是谈不上；新中国六十年历史，如今总理谈及尊严，说明我们的尊严的问题，仍然没有完全得到解决，依然是我们全民族的愿景之一。

从这一点意义而言，来回顾和展望或探讨人艺的风格的形成和发展，我们可以看到，人艺凭借老舍先生剧目的带领，确实非常好地而且是独领风骚地演绎了中国老百姓丧失尊严的过程以及历史成因，让我们看到了生动的形象、深切的命运，而触摸历史，触动心灵。但是，也应该看到，人艺并没有很好地或者有意识地完成人们在实现自身尊严的奋斗而艰辛的历程，为我们塑造区别于老舍先生《茶馆》的新的人物形象。尽管人艺曾经付出极大的努力，比如新排的《窝头会馆》，以及几次复排的《鸟人》，还可以说以前曾经演过的《狗爷儿涅槃》等剧目。比如，他们在《窝头会馆》里加进了在《茶馆》里老舍先生坚持不用的进步学生（这是当年张光年先生的建议），《鸟人》里增添了新笔墨，以荒诞的色调写鸟人三爷，触及了争取尊严这一主题。但是，无论从戏剧形式，还是人物塑造，语言模式，基本上没有完全跳出老舍先生的《茶馆》而走得更远。

也就是说，人艺风格真正的形成和发展，还有更远的路要走。老本可以继续吃，尊严丧失的小人物的悲剧还可以接着演，但是，需要有新的剧目，特别是续上《茶馆》的香火，完成人们在新时代里的经济和政治的路途和现实生活中努力争取尊严的新的人物形象的塑造，让他们出现在我们的舞台上。特别是艺术的实现，总理日前所说的这个"尊严"所包含的政治与经济的含义：第一，每个公民在宪法和法律规定的范围内，都享有宪法和法律赋予的自由和权利；第二，国家的发展，最终目的是为了满足人民群众日益增长的物质文化需求；第三，整个社会的全面发展，必须以每个人的发展为前提。这实在是个大主题、大剧目、大制作。但从如此意义观看，今日再次复排《茶馆》，才不仅仅是一次怀旧，而成为人艺开创新局面的一个先驱。

《骆驼祥子》是人艺对于老舍先生小说的改编，体现了一个时代对于艺术与人性的理解和规范。删繁就简地改写，特别是删去了祥子和虎妞婚后的矛盾和冲突，以及对虎妞和祥子形象的改造，特别是删去祥子最后的堕落，小福子的自杀，人物干净了，单纯了，却缺少了原著的复杂，缺少了老舍先生人性的高度、心理的深度和作为小说家的老舍笔下的冷酷和不可遏止地对人物的解剖和对艺术的追求。老舍先生认为《骆驼祥子》是他的重头戏，好比谭叫天唱的《定军山》。现在来看人艺新一版《骆驼祥子》，虽然舞台全新的调度、演员青春的演绎，令人耳目一新，却似乎并没有和五十年代以及粉碎"四人帮"后的演出走出多远，依然轻车熟路地延续着旧有的惯性思维与方式，多少让我有些不满足。

当然，这样的删削，是一代艺术和艺术家的局限和无奈。1955 年新版《骆驼祥子》，老舍先生自己也删削了小说最后的一章半，并获得当时文艺界的好评。日本汉学家、老舍研究者杉本达夫说过老舍有阴阳两面，阳的一面是保持自己原型不变的老舍，阴的一面是自觉不自觉脱离了自己原型的老舍。他还说，一个老百姓的老舍和一个知识分子的老舍，一个谁来订货就拿货给谁的写家和一个灵魂深处呼唤主题的作家，一直矛盾着、冲突着。今天，在演出的老舍先生的这三部戏剧中，我以为人艺艺术家最能施展艺术天地的，是《骆驼祥子》。因此，我特别期待人艺对于《骆驼祥子》有大刀阔斧新的演出版本的出现，更为自觉努力地还原一个真实而伟大的老舍先生。

最难演的是《龙须沟》，导演心里很明白，我看戏的那晚顾威先生一直站在剧场的最后，多少有些紧张地看观众的反应。尽管他一再强调这部戏定位于重寻人的尊严，让程疯子重返舞台的心理线与行动线去淡化修沟的外部戏剧动作，努力向老舍先生当年的真诚、真实与艺术靠近，或者说努力想还原一个真实与艺术的老舍。但是，老舍先生自己清醒得很，他早在写剧本之时就清楚：一，缺乏故事性；二，缺乏人物在日常生活中的描写。所以，他说："在我的二十多年的写作经验中，写《龙须沟》是最大的冒险。"显然，近六十年后的重新冒险，让我们看到的是老舍先生和人艺艺术家内心不可为之而为之的另一侧面，是政治与艺术的热情探索、交融、试水与博弈。尽管演程疯子的杨立新尽力尽心，演出后不止一位观众感慨他的戏份太少，勉为其难。

再说电视剧《龙须沟》。前面已经提过老舍先生自己说过的话："在我的二十多年的写作经验中，写《龙须沟》是最大的冒险。"同时，老舍先生自己又特别指出《龙须沟》："须是本短剧，至多三幕，因为越长越难写。"如今，李成儒执导并主演的电视剧《龙须沟》铺排成了三十集。肯定是对老舍先生怀有感情，并且是知难而上。

只是，李成儒执着并标榜的北京味儿，并不能支撑起这样庞大的铺排；更重要的，所谓地道的北京味儿，并非老舍先生的唯一和精髓。

在创作《龙须沟》的时候，对其中的人物，老舍先生曾经明确说过："刘巡长大致就是《我这一辈子》中的人物。"丁四就是《骆驼祥子》里的祥子，"丁四可比祥子复杂，他可好可坏，一阵明白，一阵糊涂……事不顺心就往下坡溜。"老舍先生没有说程疯子来源于谁，但应该是他在1948年至1949年创作的长篇小说《鼓书艺人》里的方宝庆，如今电视剧里的程疯子也叫宝庆，看来也是顺着那一脉繁衍而下的。

问题是，电视剧里的这几位重要人物都与老舍先生的作品相去甚远，肆意地编排，远离了老舍先生对时代的认知和对艺术的把握。以程疯子为例，如果说他的前史确实来自方宝庆，如今却已经找不到一点儿《鼓书艺人》里的方宝庆的影子了。电视剧《龙须沟》和电视剧《四世同堂》一样，过多地加重了人物抗争和革命的色彩，这当然没什么不好，却有些置老舍先生的文本于不顾，说不客气点儿，有些把老舍先生当成一件光鲜的衣裳披在自己自以为是的身上，但这已经不是老舍先生本人了。

小说里写到的方宝庆，其性格老舍先生说是"世故圆滑，爱奉承人，抽不冷子还耍耍手腕"。当然，这是社会使然，为生存所迫，他是属于被侮辱被损害的人。他也抗争，也和革命者孟良接触并受其影响，但写得都很有分寸，没有离开作为艺人说书生涯和作为父亲与养女秀莲关系的范畴，他最大的愿望是建书场、办艺校，就是卖艺不卖身，"'你不自轻自贱，人家就不能看轻你。'这句话可以编进大鼓词儿里去。"他的抗争和革命，便跟他与秀莲的残酷命运和自己的愿望的无情破灭，这样两条线息息相关，体现了老舍先生现实主义的非凡笔力。

如果电视剧能沿着这样的脉络和根系铺排发展和改编，进而一步步把这样一个艺人逼疯，在新社会重新焕发艺术的青春，实现了他苦求的愿望，也可能会是一部不错的作品。可惜，电视剧里的程疯子基本上偏离了这两条线，再加上为抓写报道的进步学生孙新而将程疯子抓进牢房，程疯子为找地下党而给丁四下跪等情节，和走得更远的丁四袭击美国大兵、偷拉孙新出城等情节一样，背离了人物的性格，而且，使得对立面黑旋风等反派人物完全脸谱化、漫画化，将蕴含着深刻而丰富的社会和人性内涵的老舍先生的作品简化和矮化了。

至于增添的周旅长的太太和京剧演员杨喜奎的戏份儿，走的则是张恨水先生《啼笑姻缘》的路子，更是和老舍先生大相径庭。

这就牵扯到对于老舍先生的理解，老舍先生的作品延续着他一以贯之的对下层百姓的世事人情的真实描摹，体现在揭示世道与人心两方面：既有对于不合理的世道的抗争和未来新生活的企盼，同时也有对人心匨国民精神自身的批判和期待。无论程疯子和方宝庆，丁四和祥子，并完全同属一人，前后所处的时代也不完全一样，但他们的性格是前后一致的，老舍先生对他们的认知是一致的，可以编排演绎出新的情节和主题变化来，但不该太离谱去随心所欲，或为迎合今日的需求而李代桃僵。

对老舍先生的尊重，首先应该对其作品尊重，改变其作品尤其要体现这种尊重。老舍先生不是一块肥肉，可以任我们由着性子为我们所需地随意刃割，然后猛添加辅料和佐料，烹炒出我们自己口味的一道杂合菜，还非得报出菜名说是老舍先生的。

2009 年岁末于北京

于是之和一个时代

于是之踏雪驾鹤而去，与他共生、影响他并也受到他影响的话剧艺术的一个时代——特别是北京人艺的一个时代，已经彻底结束了。

作为演员，他创造的一个个鲜活、紧接地气的角色，特别是《茶馆》的王掌柜，不仅迄今无人匹敌，更重要的是，他是富于北京味和平民气质的人艺风格的开创者和奠基者。正因为有这样的艺术品质，他才能将老舍最难演、被老舍自己称为"最大的冒险"的《龙须沟》点石成金获得成功，他让程疯子重返舞台的心理线与行动线，去淡化修沟的勉为其难的外部戏剧动作，努力而真诚向艺术靠近。如今，我们提到人艺，会想到很多这样出色的老演员，无疑排在第一位的是于是之。在表演艺术方面，他堪称"中国的斯坦尼和丹钦科"。

但是，我要说，于是之对于北京人艺乃至中国话剧艺术更大的贡献，不仅仅在于表演，而在于他对于年轻一代艺术家富于远见的鼎力支持。在二十世纪八十年代历史转折期，北京人艺是中国话剧复兴的重地，当之无愧成为那个除旧布新时代中国话剧的风向标。那时候是于是之和人艺主要的领导人曹禺、赵起扬等有识之士和对中国话剧的知味之士，起到了关键的作用。无论话剧艺术新探索开山的先锋之作《绝对信号》（1982年），还是触及现实的《小井胡同》（1983年）和《狗儿爷涅槃》（1986年），抑或对《茶馆》形似并神似的拟仿最成功的《天下第一楼》（1983年），乃至再后面九十年代初出现的《鸟人》，没有一部没有浸透过于是之真诚而付出过代价的支持。

我的同学、已故剧作家李龙云，是《小井胡同》的作者，在该剧上演前后的沉浮磨砺之中，陪伴他绞尽脑汁、善良纯真应付那个变幻风云与莫测人心，一次次地改写和补写剧本，一起患难与共的是于是之。而那时，于是之被诬为"幕后黑手"，顶着压力艰难而为。《小井胡同》之后，建议并鼓励李龙云将老舍的《正红旗下》改编成剧本的依然是于是之。为此，于是之不仅用毛笔给李龙云写下一封封长信，还为李龙云借相关的剧本《临川梦》，并渴望出演剧中的老舍。即使病倒，依然如此，躺在病床上，手里还拿着《正红旗下》的剧本。

这是于是之的心力、能力和定力，也是他的魅力，同时更体现了他的影响力。所以，在他病卧在床的二十年中，即使无法再走上舞台，他的影子仍然如浓郁的绿荫，倾洒在人艺的舞台和观众的心中，并将这绿荫覆盖在很多年轻的表导演与剧作家的身上。如果说，北京人艺是于是之的人艺，可能有些过，但说于是之是人艺的一根重要的台柱，应该是恰如其分的。是他和老一辈艺术家支撑起人艺的艺术大厦，并为这大厦镌刻下了最美最有分量的老匾额。

我和于是之从未谋面，二十世纪八十年代末，北京有关方面曾经找我写《于是之传》，当时我手头正忙，也想来日方长，谁想没过多久，于是之病倒，我和他失之交臂。我只是在舞台上看他出演的角色，距离更加产生魅力之美。在舞台上，他更显得风清水秀，摆脱尘世之扰，融入艺术之境，他和艺术彼此成就。他为舞台而奉献，舞台为他而救赎。想想二十一年前他突然病倒便一病不起，该有多少未竟的遗憾和对世俗难言的无奈。只有在舞台上，他才焕发一新，成为想成为的人，心地澄净透明，没有任何杂质，甚至一点儿渣滓，就像当年朱自清所说的那种"没有层叠的历史所造成的单纯"。在如今的艺术中，这样的心地和品质，该是多么地难得，多么地令人向往。

于是之曾经写过这样一句诗："山中除夕无别事，插了梅花便过年。"我非常喜欢，这句诗是于是之单纯透明的注脚。只是，这种无论做人还是从艺的境界，已为我们如今的艺术所稀缺。由历史和现实交织而成的层叠的挤压，雾霾一样遮蔽着越来越世俗的我们。蛇年的春节就要到了，就让于是之去天堂插一枝梅花清清静静地过年吧。

2013 年 1 月 23 日于北京

八十年代北京人艺

　　二十世纪八十年代初，我在中央戏剧学院读书并任教。那时候，常常去两个地方，一个是新街口小西天的电影资料馆，一个便是北京人民艺术剧院，前者是看那时候的不公演的外国电影，后者是看话剧。人艺就在王府井北，离位于棉花胡同的戏剧学院很近，更属于近水楼台。

　　那个时候，北京人艺是中国话剧复兴的重地。在北京，那时还有儿艺和实验话剧院等话剧院，但坦率地说，都无法和人艺兴旺的人气抗衡。人艺当之无愧成为那个除旧布新时代中国话剧的风向标。应该感谢那时候北京人艺主要的领导人曹禺、赵起扬、于是之等有识之士，他们经过解放前后几十年的风雨颠簸，深知其中甘苦和水深水浅，可以说，他们是中国话剧的知味之士。又恰逢"四人帮"粉碎之后的变革之风劲吹，好风凭借力，正可以一展身手，轻舟万里。

现在回忆起来，那时候人艺演出的话剧，留给我深刻印象的，主要是这样几个方面：

一是直面现实而反思历史之作。七十年代末，《丹心谱》的公演，是人艺重张旧帜的开山之作，虽在时间上比上海的《于无声处》稍晚，但同属于一类话剧，是和当时小说《班主任》一样对于"文革"进行控诉和反思，同时又有对于周恩来总理的缅怀和对"四人帮"斗争的情景，颇能打动当时的观众，引起即时性的共鸣。沿着这样的创作之路，八十年代，人艺的《小井胡同》（1983 年）和《狗儿爷涅槃》（1986 年）先后问世，一为城市，一为农村，触角敏锐，覆盖面宽泛，影响颇大。

《小井胡同》从解放前夕，一直勾连"大跃进""文革"和粉碎"四人帮"，描述了北京南城一条古老街巷里普通百姓的跌宕生活和命运变迁。《狗儿爷涅槃》，也是从民国到解放以后这些年动荡的历史背景，演绎了一个农民追求土地与财富的坎坷的一生和复杂的心路历程。可以看出，这样对于现实的热情和对于历史的反思，延续着《丹心谱》这一脉创作的路数。但是，比起《丹心谱》直白而急切的表露，显得要更为深入。它们已经不满足于对于政治简单的诉说和直接的反弹，不满意人物形象的理念化、符号化和类型化，而是企图深入人物的内心，力求让人物性格和精神世界的发展与变化和历史的情境相融合，从而使得人物的内心世界更丰富，人物的性格更复杂，足见人艺当时以话剧与时代共生的气魄。应该说，这是人艺话剧也是中国话剧赖以生存并赢得观众的命脉和魂灵。这一景象，连接着人艺五十年代和六十年代初期的传统，同时延续着五四时期以来作为新生形式的中国话剧的血统。

二是话剧艺术新的探索的先锋之作。1982 年上演的《绝对信号》无疑揭开了中国话剧的崭新一幕。它不仅开中国小剧场话剧之先河，更是在表导演及舞美、音响等诸多方面，进行了大胆而有益的实验。那种舞台空间完全被打破，演员和观众近在咫尺、情不自禁的直接交流，现在进行时态和过去时态以及跳进跳出的幻觉，交织成一天云锦般的绚丽多姿和水一般肆意流淌的舞台状态，还有那既是货车的守车又是新房又是溪水的中国古典戏曲的虚拟手法的运用，都让人耳目一新，叹为观止，成为那时候我们走出剧场依然激动万分的情景和那时候挂在我们嘴边的时髦话题。以后，接着在小剧场上演的《车站》，《车站》依然运用了和《绝对信号》火车同样的象征手法和更新一步荒诞派的演绎：荒废的车站，十年的《等待戈多》一般的等待，都让我在读过的刚刚翻译过来的贝克特、尤涅斯库的剧本中看到了影子。这是一部新颖的多声部的戏剧之交响，契合着当时人们对于刚刚逝去的时代的认知和对未来新生活的期盼的心理，满足于人们对于新的艺术形式和新生活交织在一起的渴望，显示出当时人艺对于新时代现实生活的投入和对于新的艺术形式拥抱的热情和朝气蓬勃。

三是一批新的外国戏剧。以 1983 年美国剧作家阿瑟·米勒的《推销员之死》为代表，先后上演了《洋麻将》《哗变》《屠夫》《贵妇还乡》等一系列优秀的外国话剧。尽管在"文革"之前，人艺也曾经演出过外国戏剧，但没有这时候更成阵势，更为精彩，更能影响本土的话剧创作。因此，这样一批外国话剧的轮番披挂上阵，彰显了人艺艺术的多样性和追求的自觉性，使得人艺并非仅仅是一条演绎京味话剧的单行线。

特别值得一提的是《推销员之死》，它是人艺演绎外国戏剧的一次具有划时代意义的华丽转身。1983 年，和人艺本土演出的话剧基本同步，他们双管齐下，左右开弓，左牵黄，右擎苍，自主和引进并举。他们请来阿瑟·米勒到北京亲自导演这部话剧，带给人艺一种全新的体验和理念。起码在我看来，那是那一年人艺的一桩大事，也是中国话剧的一桩大事。那种打破传统舞台的空间和时间的概念，那种不断的往事回忆中的倒叙和插叙，频繁的现实与过去乃至幻觉的交织，舞台上的情景不再是随布景、道具的转换，而是境由心转的自然衔接，都让我觉得和《绝对信号》互为镜像。它又并非仅仅处于现代派花样繁多的眼花缭乱状态，而是极其现实主义地深刻勾勒出一个小推销员悲惨的一生的复杂的命运，直接下连着《狗儿爷涅槃》。

四是人艺经典老剧。以老舍的《茶馆》和曹禺的《雷雨》为代表。这些人艺在五六十年代经久不衰的老剧目的重出江湖，在八十年代，带有对一批老艺术家落实政策和拨乱反正的特定的历史意义。这样一批老剧目是人艺的一笔财富，也是人艺的一个包袱。只不过，在八十年代，老剧复出的历史意义和新鲜感过于醒目，并激越人心，其包袱的一面尚未显山露水，便使得我和人艺一起沉浸在"旧交青山在，壮志白发同"的喜相逢之中。

综述了上面四个方面的话剧，人艺在八十年代对于中国话剧的贡献，已经一目了然，可以说无人可以匹敌。也可以说，这是人艺的白金时代，是人艺迄今为止尚未超越的时代。

如果允许我再能进一步说的话，这个时代人艺的意义，概括为两点，即对现实的关注和对艺术探索的热情和信心，也可以说是没有旁骛、剔除干扰的赤子之心。这实在是难得的，特别是当下被权力和商业所包围的现实所缺乏的。在九十年代，人艺还有诸如《鸟人》等一些触及现实的剧作，但到了新世纪以来，这样的剧作越来越少，除了翻炒老戏之外，还有一些应景之作，都多少有损人艺的形象。即便今年人艺庆祝自己成立六十年的辉煌之作《甲子园》，也不过是延续了那种全明星电影大制作的方式，成了自己的一个联欢会式的演出。应人艺之邀而创作该剧的剧作者，尽管是我在中央戏剧学院的同班同学，但我依然很是惋惜。想起苏联的音乐家肖斯塔科维奇，在他辉煌的第七交响曲之后，他没有按照上面的精神进一步唱响反法西斯胜利中对斯大林的赞歌，却将第八交响曲写成自己的"安魂曲"。谈到这一点时，他特别强调："交响乐很少是为订货而写的。"交响乐如此，话剧也应该如此。

在艺术的探索方面，八十年代的人艺，真的令人怀念和向往。它所迈出的步伐，可以说是空前的，不敢说是绝后，确实至今尚未超越。它的意义，在于以人艺为首所代表的中国话剧新时代的标志。正如美国二十年代奥尼尔的话剧黄金时代结束之后，是经历了漫长的时间之后，战后出现了阿瑟米勒为代表的新话剧，才成为美国话剧复兴的标志一样。因此，八十年代，人艺在这方面的努力和贡献，极富时代意义，特别值得一说。

在我看来，人艺的艺术探索，一直在对西方话剧艺术的学习和对老舍本土话剧形式的突破进行着这两方面的努力。在八十年代，可以看出，人艺的胆识和气魄以及包容之心，都是惹人瞩目的。但是，也可以明显地看出，在八十年代，人艺，或者说中国话剧整体方略，寻求话剧艺术变革的路数，基本上还是向西方觅得天火以点燃自己的话剧庙堂里的烛火。这对于五四时期才从西方舶来的中国话剧而言，是必然的，也是最容易接受并变现的。《绝对信号》和《车站》，有着浓重的法国荒诞派的影子，便是再正常不过的了。尽管在《绝对信号》里出现了中国古典戏曲的虚拟的手法，可惜，未能被充分重视并进一步发扬光大。

这是最让我感到遗憾的。

也就是说，在打破了斯塔尼一统天下，拥有了布莱希特、贝克特、阿瑟·米勒之后，如何进一步建立中国特色的话剧艺术，从八十年代伊始，就是人艺的一种自觉的修行，也是人艺的一种难解的困惑。

提及中国特色的话剧，便会想起六十年代的老舍和人艺。它是作为剧作家老舍、导演焦菊隐和演员于是之等艺术家与人艺的共同结晶，是人艺更是中国话剧艺术的宝贵财富。对于老舍的《茶馆》，已经是人艺的镇宅之宝，却也如"泰山石敢当"的碑石一样，成了人们绕不过去的一道坎儿。"茶馆模式"几乎成了人艺风格的代名词。人艺不止一部话剧，依然宿命般沿着老舍编年史体的《茶馆》在走，却没有一部超越《茶馆》。

但是，八十年代人艺上演的最富于老舍精神与精髓的三部话剧，即1983年的《小井胡同》，1986年的《狗儿爷涅槃》，1988年的《天下第一楼》，可以看出人艺自身不俗的努力。五年的时间，三部戏呈阶梯状前进，以《天下第一楼》达到了迄今为止"茶馆模式"的顶峰。

《小井胡同》，编年史、众生相、北京话，同样固定的场景，可以明显看出老舍《茶馆》之间师承的关系，却已经不仅仅是历史的演绎，多了与现实的勾连和批判。《狗儿爷涅槃》，依然是编年史，却只是一个农民命运而非众生相的展示。这两部戏，都可以看出人艺努力变化的轨迹，为第三部真正能够代表老舍精神和人艺风格的戏出台做了铺垫和准备。

《天下第一楼》，可以说是最成功的一次对《茶馆》形似并神似的拟仿。它从编年史的相同结构，茶馆和饭馆的相似题材，王利发和卢孟实小老板人物的共同设置，同样对于老北京民俗风情的渲染，地道的北京话，都满足于人艺自身和观众对于"茶馆模式"的复制与超越的一种共同的期待。难能可贵的是，《天下第一楼》比《茶馆》多了老板卢孟实主线与他人的矛盾冲突，便使得人物的命运浮沉，不仅限于《茶馆》所勾勒的与时代和历史的关系，更多了一层人生的况味；不仅仅是历史的挽歌，更是个人的安魂曲。同时，也不再只是《茶馆》"清明上河图"众生相的蔓延，而多了戏剧内在的张力，在"茶馆模式"中平添了舞台的景深和自己的戏剧元素。

同时，应该看到，《狗儿爷涅槃》虽依然是编年史，却也变换了风格，让狗儿爷这个农民，在历史的变迁与动荡中，在现实的变革与冲撞中，内心的矛盾，命运的起伏，借用的不是老舍，靠拢的不再是"茶馆模式"，而是西式的意识流；十五场次不再分幕，背后依托的不再如《茶馆》一样"三一律"式固定的场景，而是如水墨画一样随意渲染，如水一样尽情流淌。

同样，《小井胡同》的作者在 1986 年创作的另一部话剧《荒原与人》（可惜未能在人艺演出），明显地看出，是和完全写实完全向老舍《茶馆》靠拢的《小井胡同》不一样的艺术形式的探索之作。散文和诗的形式的追求，让人物的语言表达方式，和《小井胡同》那种活生生、北京地道的生活语言，不尽相同。抒情与喟叹，现实和过去，梦幻和眼前，心理的跳跃时空和故事的线性时空，独白、旁白和对白，跳进跳出，纵横交错。同《狗儿爷涅槃》一样，运用的也不再是老舍《茶馆》式的方法，而是西方的意识流、间离法。同《绝对信号》和《车站》里的列车与车站一样，荒原同样具有明显的隐喻的象征色彩。特别是剧中的主人公"一五年前的马兆新"和"十五年后的马兆新"，同《推销员之死》里的主人公"威利"和"哥哥本"，其设计，同时镜像一般并置出现在舞台上，有着明显的相似之处，同样都是为了主人公的两种不同思想、感情，以及心理的两种声音的交替出现与碰撞。

二十世纪八十年代，已经远远地过去了。如今，重新回顾那个难忘的年代里的北京人艺，心里还会泛起当时进剧场观看那一场场话剧时隐隐的激动。我忍不住赞美八十年代人艺对于中国话剧的贡献的时候，同时也会想到它的不足。当然，也不应该说是什么不足，在那个刚刚从文化专制的封闭年代里走出来，那个尽情而自由地呼吸国门刚刚打开而涌进来的八面来风的时候，这一切都是必然要经过的。只是，观看了最近人艺的话剧，静下心来，依然会想，离开八十年代久远了，经过了这么多年了，如何面对自己本土的传统，创作出超越老舍《茶馆》那样富有中国话剧特色的剧目来，依然是北京人艺严峻的课题，也依然是我由衷的期待。

2012 年年底写毕于北京

汇文四师

花荫凉儿

已经有二十多年没有见到高挥老师了，高老师一把握住我的手，拉我坐在她的身边。八十岁的人了，腿脚利索，还显得那么有生气。高老师是我在汇文中学读书时的老师，那是五十年前的事情了，想想，那时她三十岁上下，长得漂亮，又会拉一手小提琴，还在学校的舞台上演过话剧。好长一段时间里，我偷偷地喜欢多才多艺的她，觉得她长得特别像我的姐姐，连说话的声音都像。

后来听说，她是志愿军文工团的团员，从朝鲜战场上回来，部队动员她嫁给首长。她没有同意，只好复员，颠沛流离之后考学。毕业不久，到了我们学校，开始教地理，后来负责图书馆。

我就是在高老师负责图书馆的时候和她逐渐熟悉起来的。那是1963年的秋天，我读高一，因为初三的一篇作文在北京市获奖，校长对她说可以破例准许我进入图书馆自己选书。那一天的午饭时间，我刚要进食堂，看见高老师站在食堂旁的树下，向我招招手，我走过去，她对我说起了这件事，说你什么时候去图书馆都行。我的心里涌出一种说不出的感动，口拙，一时又说不出什么。她摆摆手对我说，快吃饭去吧。我走后忍不住回头，才发现高老师站在一片花荫凉儿里，阳光从树叶间筛下，跳跃在高老师的身上，闪动着好多颜色的花一样，是那么地漂亮！

图书馆在学校五楼，由于学校有百年历史，藏书很多，有不少解放以前的书籍，由于没有整理，都尘埋网封在最里面的一间大屋子里。高老师帮我打开屋门的锁，让我进去随便挑。那是我有生以来第一次叹为观止见到那么多的书，山一般堆满屋顶，散发着霉味和潮气，让人觉得远离尘世，与世隔绝，像是进入了深山宝窟。我沉浸在郡书山里，常常忘记了时间，常常是高老师在我的身后微笑着打开了电灯，我才知道到了该下班的时候了。

久别重逢，逝去的日子，一下子迅速地回流到眼前。我对高老师说，您对我有恩，没有您，也许我不会走上写作的道路。高老师摆摆手说不能这么讲，然后对在座的其他几位老师说，我去过肖复兴家一次，看见地上垫两块砖，上面搭一块木板，他的书都放在那里，心里非常感动，回家就对我女儿说。后来，肖复兴到我家里看见有一个书架，其实是最简单不过的一个矮矮的书架，他对我说，以后有钱我一定买一个您这样的书架。这给我印象很深。

我忽然想起了这样一件事。为了我破例可以进图书馆挑书，高老师曾经和一个同学吵过一架，那个同学也非要进图书馆自己挑书，她不让，同学气哼哼指着我说为什么他就可以进去？为此，"文革"中她被贴了大字报，说是培养修正主义的苗子。我私下猜想，为什么高老师默默忍受了，大概她去我家的那一次，是一个感性而重要的原因。秉承着孔老夫子有教无类的理念，她一直同情我，帮助我。如今，这样的老师太少了。如今，不少老师是向学生索取，偏偏要通过学生寻找那些有钱有权的家长，明目张胆地增添自己收入或关系网的份额。

　　我对高老师说，我从北大荒插队回来，第一个月领取了工资，先在前门大街的家具店买了一个您家那样的书架，二十二元钱，那时我的工资才四十二元五角。高老师对其他老师夸奖我说，爱书的孩子，到什么时候都爱书。

　　我又对高老师说，"文革"中，虽然挨了批判，但图书馆的钥匙还在您的手里，有一次在校园的甬道上，您扬扬手里的钥匙，问我想看什么书，可以偷偷进图书馆帮我找。好长一段时间，我都是把想看的书目写在纸上交给您，您帮我把书找到，包在一张报纸里，放在学校传达室王大爷那里，我取后看完再包上报纸放回传达室。这样像地下工作者传递情报一样借书的日子，一直到我去北大荒。那是我看书看得最多的日子。《罗亭》《偷东西的喜鹊》《三家评注李长吉》……好几本书，都没有还您，让我带到北大荒去了。高老师说，没还就对了，还了也都烧了。在场的几位老师都沉默了下来，那时，我们学校的书，成车成车拉到东单体育场焚毁，那里的大火曾经燃烧着我学生时代最残酷的记忆。

　　我庆幸中学读书时遇见了高老师。虽然多年未见，但心里一直把她当作自己的一位大姐（她比我姐姐大一岁）。想起她，总会有一种格外亲近的感觉。一个人的一生，萍水相逢中能够碰到这样的人，即使不多，也足够点石成金。分手时，送高老师上了汽车，一直看着汽车跑远，才忽然想到，忘记告诉高老师了，那个从北大荒回来买的和您家一样的书架，一直没舍得丢掉，还跟着我。很多的记忆，都还紧紧地跟着我，就像影子一样，像校园里树叶洒下了浓荫凉儿一样。

花间补读未完书

田增科老师到澳洲去了。这是他第三次去。我隐隐地感到，这一次，他大概不会再回来了。他的两个孩子在那里，另一个在意大利，国内已经没有他的亲人了。几个孩子在国外干得都不错，执意要接他们老两口出去，尽尽孝心。

我忽然觉得一下子非常落寞。在偌大的北京，我没有任何亲戚，连八竿子打不着的都找不着一个。田老师，已经是我在北京唯一的亲戚了。我和他交往四十多年了，过了我们人生的大半。岁月，让人的感情发生着变化，就像葡萄在时间的催化下变成酒一样，浓郁、芬芳、醉人。

我在汇文中学上初三，田老师教我语文。那时，我十五岁，田老师刚刚大学毕业，我们开始了这长达四十余年的交往。这中间，是他帮助我修改了我的一篇作文，并亲自推荐参加了北京市少年作文比赛，获得了一等奖。那是我的第一篇变成铅字的文章，如果没有这样的一篇文章，我会那样迷恋上文学吗？我今天的道路会不会发生变化？我有时这样想，便十分感谢田老师。我永远难忘他将我的那篇作文塞进信封，投递进学校门前的绿色信筒里的情景；我也永远难忘当我的这篇文章被印进书中，他将那喷发着油墨清香的书递到我手中时比我还要激动的情景。那是春天一个细雨飘洒的黄昏。

这中间，还横躺着一个"文化大革命"。说来我当时也许真是十分地可笑，我自以为自己才是革命的，而认为田老师有些保守，因为我们两人当时参加的并不是一个战斗队，有一段时间，我和田老师疏远了。可是，在我要到北大荒插队的时候，我以为田老师不会来送我了，田老师却出现在我的面前。在那些路远天长、心折魂断的日子里，田老师常有信来，一直劝我无论在怎样艰苦的条件下都不能放下笔和书。在那文化凋零的季节，他千方百计从内部为我买了一套《水浒》和一套《三国演义》，在我从北大荒回家探亲假期结束要回北大荒的前夕，他赶到我的家里把书送来。那一晚，偏巧我去和同学话别没有在家，徒留下桌上的一杯已经放凉的茶和漫天的繁星闪烁。

这中间，我和田老师先后结婚，先后为老人送终，他生下

　　两女一子，我生下一个儿子，在那一段一根扁担挑着老少两头的艰辛的日子里，我待业在家没有工作，他鼓励我别灰心，并借给我他的《苕溪渔隐丛话》《中国画论辑要》《人间词话》《红楼梦》等书，并送我一个笔记本，劝我再苦再难，读书是必要的，要相信乾坤有眼、时序有心，要相信艺不压身，学问终有需要的时候。

　　这中间，我发表的第一篇文章，是他看后觉得不错，亲自骑上自行车跑到报社替我送到编辑手中，并郑重地推荐给人家的。那篇文章，他至今保留如初，并保留着我中学的作文本。

　　这中间，他出版的第一本书，特意约我来写序言，我说："这本书中的这些篇章并不是为文而文，而是一位老教师在和你坦率真挚地谈心。悠悠读来，我仿佛又回到学校，重温坐在教室里听田老师讲课时那一片温馨，它曾伴我度过少年而渐渐长大。"

　　这中间，我和田老师一样，当上了中学和大学的老师。我刚刚给学生上课的时候，田老师都曾经骑着自行车到学校专门听我讲课。我教书的中学在郊区，比较远，但他还是早早就到了。听他的学生要给更为年轻的学生讲课了，他的心情显得有些激动。田老师走进校园，我看到许多学生趴在教室的窗前好奇地看。那一次，他回家迷了路，兜了好半天的圈子才回到家。

还有一次，他到我教书的中央戏剧学院来听我讲课，我讲的是朱自清的《背影》，下课后，他告诉我文章中的一个字我读错了。另外，除了应该结合朱自清先生的自身经历，还要结合当时的时代背景，会对文章的内涵理解得更深刻些。我送他一直到学院门口，看着他骑上车在冬天的风中远去，一直到看不见他的背影为止，我才发现自己的手中拿着的正是朱自清的《背影》。

四十多年的岁月就这样如水长逝。可以说，我和田老师这四十多年的交往，是读书、写书和教书的交往，清淡如水，却也清澈如水，由书滋润着情感，又由情感滋润着书，便也格外湿润而清新。并不是所有的人都能够或值得保持这么多年的友情的。人生中，萍水相逢、利害相加、关系互通的人，总是居多。但我和田老师却是这样平淡又长久地保持着这样一份感情，让彼此都感到那感情中因有岁月的沉淀而那样沉甸甸。在偌大的北京城中，由于我没有任何亲戚，我便把田老师当成了唯一的亲戚。在春节老北京人讲究亲戚之间互相看望的礼节里，我唯一要看望的就是田老师一个人。

一晃，春节将要来临。田老师却到澳洲去了，而且不会再回来了。春节，我将无处可去。

我想起前年的春节，田老师当时也不在北京，正在澳洲女儿的家中。他特意给我寄来一封信，信中夹有一张他在女儿家门前照的照片，照片后面有田老师抄的一句清诗："竹里坐消无事福，花间补读未完书"。一下子，遥远的澳洲变得近在咫尺，田老师又像坐在我的身边。而且，那时总想这个春节田老师不在，下一个春节他是要回来的。毕竟他还想着那么多要读的未完之书。

可是，这一次，田老师不会再回来了。他早早寄给我一张贺卡，贺卡上印着积雪覆盖的原野。接到贺卡那天，北京正纷纷扬扬飘飞着冬天以来最大的雪花。

一个都不能少

王瑗东老师今年八十一岁，鹤发童颜，还敢骑着自行车，在北京城越发拥挤的大街小巷里游龙戏凤。

在我的印象中，王老师是我们汇文中学里最漂亮的女老师，即使穿着简单朴素的白衬衫，也显得风姿绰约。她教高三毕业班的语文。1966 年，我读高三。想想那时她还不到三十六岁，正是风华正茂的年龄。我永远不会忘记，1966 年所谓的"红八月"。那个炎热的夏天，在下午毒辣辣的太阳底下，王老师站在了学校操场的领操台上，几个红卫兵也是她的学生，挥动着武装带，让她躬身九十多度弯腰，接受批斗。她的罪名是修正主义教育路线的红人，其实，不过是她的语文课教得好，当然也包括她长得漂亮，漂亮的姿容，在当时也属于资产阶级的范畴。领操台下是黑压压的人群，其中不少也是他的学生，其中包括我。我挤进人群，想对王老师轻轻地说几句话，但我挤到她的身边时，看见红卫兵手里的武装带和眼睛里的凶光，一下子卡了壳。这时候，红卫兵用武装带打了她一下，让她继续弯腰。那一瞬间，我看见她穿着半袖的白衬衫完全湿透，一副胸罩的带子从袖口里掉了出来，如同一条蚯蚓，显得格外突兀刺目。

那个镜头像定格一样，一直在我的眼前突兀着。当时，我赶紧扭转身，泥鳅钻沙一样挤出人群。很久的一段时间里，我都在想，一个不到三十六岁的漂亮女教师，竟受到这样的屈辱。当时，以及后来，她会是什么样的心情？尤其是面对她的那些向她挥舞武装带的学生，包括我这样想安慰她又胆怯得那么不争气的学生？

1971年的冬天，我从北大荒探亲回京，到学校看老师，看见了王老师。她还是那样地漂亮，似乎以往批斗和劳改都不曾在她的身上留下什么痕迹。她把我拉到一边悄悄地说到她家借我书看，说到什么时候都还要读书。我到东单的新开路她家，她借给我《约翰·克里斯多夫》《红楼梦》和《人间词话》。特别是《约翰·克里斯多夫》，几乎成为我走上写作道路的启蒙书。

那个寒冷的冬天，因有了王老师的书，让我感到温暖。只是有一次我到她家还书，看见屋子里坐着好几个同学，其中有一个当年站在领操台上挥舞武装带批斗过她的红卫兵。我像是吞进一只苍蝇那样地恶心，我实在不理解，为什么王老师对他和对其他同学一样地谈笑风生。我甚至认为，王老师变得一锅没有了豆儿的粥一样没有了立场。记得那一天，把书还给王老师，我就匆匆离开了。

这件事和领操台上弯腰九十多度胸罩带掉了出来的情景，常常如同对比醒目的两个镜头，悬挂在我的记忆里。一直到今年的春天，我才明白了，这前后两个镜头是属于王老师人生的两个明喻，以德报怨，让她的心清澈透明，她一直以为面对的都是自己的学生，不能让学生背负本该属于历史的那么沉重的责任。她不止一次对我说：你们那时候才多大呀，还都是孩子。

今年，是我们汇文中学建校一百四十周年的日子。从两年前开始，王老师就打算把原来高三四班的同学都汇聚齐整。这是王老师"文革"前教过的最后一届学生，由于和她一起经历了那场"文化大革命"，她和我们学生弥笃情深。

过了春节，王老师非常高兴，因为高三四班四十五名同学，她已经找到其中四十四名。这四十四名同学，有出息的，有落魄的，有在外地的，有在国外的……在王老师的眼里，都没有了身份的焦虑，都是她的学生；依然是有教无类。说实在的，这四十四名同学，如今都和我一样早过了退休的年龄，王老师年过八十，还要跑远路，一部电话，一台电脑，一辆自行车，她要付出多少心血和代价？但是，她渴望这次全班同学的聚齐，就像当年她走进教室进行早点名一样，她不愿意看见一名同学缺席。

这最后一名没有找到的学生，叫刘泓，初中和我就是同学，他哥哥当年是中央乐团的小提琴手，他的小提琴在我们学校里拉得也很出名。1981 年，他是我们班最早出国的先行者，因为他的姑姑在美国，怀揣着梦想，骚动着盲目，他开始了洋插队，却一下子泥牛入海一般，和大家都没有了联系。王老师最大的愿望，就是找到她最后的一名学生刘泓。她以为在汇文中学建校一百四十周年的日子里，这件事最有意义。她就像一个鸡婆一样，要把她所有的学生像鸡雏一样，都揽在她的翅膀下。对于校庆，每个人都有自己的庆祝方法，作为王老师，她认为这是最好的庆祝了，胜过什么隆重的大会或觥筹交错的晚宴。

五一节前夕，我和王老师一起到长安大戏院看京戏。说起王老师的这一努力了两年的心愿，我笑着说王老师这符合传统老戏里的大团圆的结尾。王老师却兴奋地告诉我：刘泓终于找到了！前两天，他给我打来电话，我一下就听出来了，还是三十年前的他那憨厚的声音。

戏也没好好看，听王老师说，知道了刘泓在美国的经历不凡，至今独身，一直做维修工，六十四岁了还在干活。不过，他很乐观，有一个美国的女朋友，日子过得挺好。我问王老师：您多大的本事，是怎么找到刘泓的？王老师笑着说，该找的地方都去了，该问的人都问了，她说起在美国我的一个同学的名字，他的爱人的朋友知道刘泓，你说这不是踏破铁鞋无觅处、得来全不费工夫吗？怎么那么巧？我说，这不是巧，是您心诚则灵。

如今，高三四班四十五名同学终于都聚齐了，可以让王老师点名了，四十五声嘹亮的回声：到！

那应该是王老师最幸福的时刻。

五月的鲜花

阎述诗老师，冬天永远不戴帽子，曾是我们汇文中学的一个颇为引人注目的景观。他的头发永远梳理得一丝不乱，似乎冬天的大风也难在他的头发上留下痕迹。

阎述诗是北京市的特级数学教师，这在我们学校数学教研组里，是唯一的。学校里所有的老师，包括我们的校长对他都格外尊重。他只教高三毕业班，非常巧，我上初一的时候，他忽然要求带一个班初一的数学课。可惜，这样的好事没有轮到我们班。不过，他常在阶梯教室给我们初一的学生讲数学课外辅导，谁都可以去听。他这样做，为了我们学生，同时也是为了年轻的老师。他要把数学从初一开始抓起的重要性，用自己的实际行动告诉给我们大家。

我那时并不怎么喜欢数学，还是到阶梯教室听了他的一次课，是慕名而去的。那一天，阶梯教室坐满了学生和老师，连走道都挤得水泄不通。上课铃声响的时候，他正好出现在教室门口。他讲课的声音十分动听，像音乐在流淌；板书极其整洁，一个黑板让他写得井然有序，像布局得当的一幅书法、一盘围棋。他从不擦一个字或符号，写上去了，就像钉上的钉，落下的棋。给我印象最深的是他随手在黑板上画的圆，一笔下来，不用圆轨，居然那么圆，让我们这些学生叹为观止，差点儿没叫出声来。

四十五分钟一节课，当他讲完最后一句话的时候，下课的铃声正好清脆地响起，真是料"时"如神。下课以后，同学们围在黑板前啧啧赞叹。阎老师的板书安排得错落有致，从未擦过一笔、从未涂过一下的黑板，满满堂堂，又干干净净，简直像是精心编织的一幅图案。同学们都舍不得擦掉。

是的，那简直是精美的艺术品。我还未见过一个老师能够做到这样。阎老师并不是有意这样做，而是已经形成了习惯。长大以后，我回母校见过阎老师的备课笔记本，虽然他的数学课教了那么多年，早已驾轻就熟，但每一个笔记本、每一课的内容，他写得依然那样一丝不苟，像他的板书一样，不涂改一笔一画，哪怕是一个圆、一个三角形，都用圆轨和三角板画得规规矩矩，而且每一页都布置得整齐有序，整个笔记本像一本印刷精良的书。阎老师是把数学课当成艺术对待的，他把数学课便化为了艺术。只是刚上学的时候，我不知道阎老师其实就是一位艺术家。

一直到阎老师逝世之后，学校办了一期纪念阎老师的板报，在板报上我见到诗人光未然先生写来的悼念信，信中提起那首著名的抗战歌曲《五月的鲜花》，方才知道是阎老师作的曲，原来如此学艺广泛而精深。想起阎老师的数学课，便不再奇怪，他既是一位数学家，又是一位音乐家，他将音乐形象的音符和旋律与数学的符号和公式，那样神奇地结合起来。他拥有一片大海，给予我们的才如此滋润淋漓。

那一年，是 1963 年，我上初三，阎述诗老师才五十八岁，太早地离开了我们。他是患肝病离开我们的。肝病不是肝癌，并不是不可以治的。如果他不坚持在课堂上，早一些去医院看病，他不至于这么早走的。他就像唱着他的《五月的鲜花》的战士，不愿离开自己战斗的岗位一样，不愿离开课堂。从那时起一年之后，我再唱起这首歌："五月的鲜花，开遍了原野，鲜花掩盖着志士的鲜血……"便想起阎老师。

就是从那时起，我对阎述诗老师有了进一步的了解。以他的才华学识，他本可以不当一名寒酸的中学老师。艺术之路和仕途之径，都曾为他敞开。1942 年，日寇铁蹄践踏北平，日本教官接管了学校后曾让他出来做官，他却愤而离校出走，开一家小照相馆艰难度日谋生。解放初期，他的照相馆已经小有规模，凭他的艺术才华，他的照相水平远近颇有名气，收入自是不错。但是，这时母校请他回去教书，他二话没说，毅然放弃商海赚钱生涯，重返校园再执教鞭。一官一商，他都是那样爽快挥手告别，唯有放弃不下的是教师生涯。这并不是所有知识分子都做得到的，人生在世，诱惑良多，无处不在，一一考验着人的灵魂和良知。

　　我对阎述诗老师的人品和学品愈发敬重。据说，当初学校请他回校教书，校长月薪九十元，却经市政府特批予他月薪一百二十元，实在是得有其所，充分体现对知识的尊重。现在想想，即使今天也不是那么容易做到的。

　　世上有许多东西是无法用金钱衡量的。阎述诗老师一生与世无争，淡泊名利；白日教数学，晚间听音乐，手指在黑板与钢琴上均是黑白之间，相互弹奏；两相契合，阴阳互补，物我两忘，陶然自乐。这在物欲横泛之时，媚世苟合、曲宦巧学、操守难持、趋避易变盛行，阎述诗老师守住艺术家和教育家一颗清静透彻之心，对我们今日实在是一面醒目明澈的镜子。

　　诗人早就说过，有的人活着，他却死了；有的人死了，他却活着。想想抗战胜利都七十年了，《五月的鲜花》唱了整整有七十多年，却依然在整个中国的土地上回荡。岁月最为无情而公正，七十多年的时间呀，会有多少歌、多少人，被人们无情地遗忘！但是，阎述诗老师和他的《五月的鲜花》仍被人们记起。

　　在母校纪念阎述诗老师的会上，我见到他的女儿，她是著名演员王铁成的夫人。她告诉我，她的女儿至今还保留着几十年前外公临终前吐出的最后一口鲜血——洁白的棉花上托着一块玛瑙红的血迹。

　　从血管里流出的是血，与从自来水管里流出的水，终究是不同的人生、不同的历史。

　　那块血迹永远不会褪色。那是五月的鲜花，开遍在我们心上。

2015 年 7 月改毕于北京

黑衣僧远去

一

捷杰耶夫又来了。他已经走马灯似的来北京四次。这一次来京的两场音乐会，他带来的是久违的肖斯塔科维奇（D. Shostakovich 1906—1975）。这是我很期待的。

说是久违，因为以前对于我们中国人而言，听的、知道的更多的是民族乐派特别是柴可夫斯基，老柴以后，则是拉赫玛尼诺夫和斯特拉文斯基。关于肖斯塔科维奇的专场音乐会，是比较少的。

对于肖斯塔科维奇，以前，我曾经有过误解。因为他的第七交响曲太有名了，只要一提起肖斯塔科维奇，准要说他的这个第七交响曲，说在德国战火包围之中的列宁格勒，只剩下一名指挥和十五名乐手，仍然坚持演奏这支第七交响曲，极大地鼓舞了苏联人民反法西斯的士气，从而造成全世界的影响。这样的演出，确实别具色彩，使得这支第七交响曲不同凡响。所以，第七交响曲又叫作"列宁格勒交响曲"，被称为"战争的史诗"。肖斯塔科维奇和他的第七交响曲，都被演绎成了传奇。

对于所谓音乐的史诗，我一向都抱有警惕，因为我会觉得它们延续的是贝多芬、瓦格纳的一套旧数，走的是宏大叙事的老路，音响效果多为轰轰烈烈，属于德彪西所批评的那种辉煌的"过去的尘土"。

两年前，我到美国小住，闲来无事，在图书馆里借来一套肖氏的弦乐四重奏的 CD，共十五首，拿回来一听，和我想象的肖氏不同，音乐极其丰富，旋律富有感情，非常打动我，并非宏大叙事。遂对他刮目相看，一下子燃起我对他的兴趣，又借来他的好几盘交响曲，包括第七交响曲，仔细听了后，方才发现自己的浅陋，也知道这个世界上充满了多少误解和隔膜。

坐在国家大剧院的音乐厅里，等待捷杰耶夫出场。这是我第一次在音乐厅里听肖氏。

　　我一直以为指挥家为音乐会选曲，最见其思想与艺术的造诣。每一次来北京，捷杰耶夫的选曲都不一样，都见独到的功力。有意思的是，这一次，他没有选肖氏最著名的第七列宁格勒交响曲，而是选择了肖氏的其他四部交响曲和两部钢琴协奏曲。其中四部交响曲，第一是肖氏十八岁的作品，演绎着青春的心情，第八交响曲和第九交响曲是肖氏中期作品，也是当时备受批判和打击的作品，第十五交响曲是肖氏最后一部交响曲，这部交响曲之后四年，他便去世了。两个晚上，捷杰耶夫和马林斯基交响乐团，带我走遍了肖氏几乎坎坷的一生。这是一次难得的音乐会，特别是对我这样对肖氏音乐不甚了解的人来说，是最生动的补课。

　　两场音乐会，第二场来的人更多些，心里不禁暗想，北京的乐迷还是有水平的。最值得一听的，是第八交响曲和第九交响曲。相比刚刚听完不久的日本 NHK 交响乐团演奏成犹如穿着和服木屐而四平八稳的老柴，马林斯基乐团在捷杰耶夫的指挥下，更多了起伏跌宕的层次和情感，整个乐队配合得风来雨从一般混为一体，特别是弦乐中管乐的加入，或两者相反加入，那样地熨帖，不着痕迹，缝若天衣，又水乳交融，风生水起。

　　当然，除了捷杰耶夫的指挥，还要感谢肖氏音乐本身的非凡功力。虽然肖氏崇拜马勒，但比起马勒来更具现代性，特别是其配器，还有短笛、小号、单簧管突兀、尖锐声音的横空出世，实在具有石破天惊的感觉。它让我听到的，更多是发自身心无以言说的痛苦，而不仅仅是司空见惯的那种表面的欢乐与悲伤。同他的前辈柴可夫斯基相比，更少了泪眼汪汪、手帕浸湿的那种几乎滥情的感伤。

我尤其感动于第八交响曲，这是两天音乐会的压轴。第一乐章的弦乐，就让我震撼，那种揪动心弦的悲戚，不是揪着你的衣襟，执手相看泪眼的陈情诉说，而是"天河捧土尚可塞，大风雨雪恨难裁"，那般的深切，随着浪一样一阵阵涌过来的音乐，层层叠叠地压在心头，拂拭不去。最后，英国管的独白，其实也是肖氏自己的独白，无字诗一样摇曳，直至曲终天青，唯留下半江瑟瑟半江红。

第二乐章突兀出现的短笛，听得真让人惊心动魄，仿佛一道划过来的闪电，将你的心魂瞬间掠去。第三乐章，长号和大提琴，木管和小提琴，还有小号、巴松和定音鼓，包括三角铁的撞击，此起彼伏汇聚成的音响，撩人又令人目不暇接。

第四乐章中那十一段的变奏，是我最期待的。弦乐、圆号、短笛、长笛，到最后单簧管的呻吟，此起彼伏，气息绵长不断。肖氏实在是太有才了，将各种乐器信手拈来于股掌之间，让它们各显其能，各尽其长，又彼此呼应，同气相投，相互辉映，交织成一天云锦霞光。

最后乐章，与第十五交响曲相似，也是在往返反复几次的铜管、鼓钹之后渐渐的弱音收尾，所不同的是此前有一段大提琴如怨如慕吟唱般的倾诉，真的让人柔肠寸断，让人感到只有音乐才会拥有如此的穿透力，让你感受到来自心灵的痛苦，不是悲伤，不是眼泪，无法诉说时，呼天无门时，还有音乐可以帮助我们救赎。

想起当年斯大林时代对第八交响曲的批判，扣上的帽子是反苏维埃和反革命的音乐。在那个黑暗的年代，这顶帽子足以置人于死地。其原因便是在辉煌的第七交响曲之后，肖氏没有顺风扶摇而上作弄臣状，继续写第七交响曲这样庆功晚会上的作品。那么，肖氏为什么没有进一步唱响反法西斯胜利中对斯大林的赞歌，最好是出现颂歌式的独唱和大合唱，相反却要这样悲悲戚戚，最后非要选择渐渐消失的弱音，而不是以胜利的锣鼓一般的高潮结尾？当时，批判的一条理由便是"悲戚"，说肖氏"悲悲戚戚地站在了法西斯一边。"

音乐，在强权面前就是这样被肆意肢解和误读。曾经有人——至今在此次捷杰耶夫带来马林斯基交响乐团演出前的宣传，也是这样说，将肖氏的第七、第八和第九交响曲说成是"战争三部曲"。记得晚年的肖氏非常反感这种说法，他说："一切都归咎于战争，好像人们在战争期间才遭受折磨和杀害。"在谈到第七和第八交响曲时，他认为都属于自己的"安魂曲"。

这里牵扯到时代、政治和艺术之间的关系问题，但是，好多音乐总是可以超越时代和政治的，正如肖氏的交响乐，纵使我们对肖氏和他生存的那个时代一无所知，也并不妨碍我们欣赏他的音乐，我们会非常清晰地听出那里流淌出来的绝对不是欢乐和喜庆，而是痛苦和悲伤。我们可以非常明确地从中听出痛苦的无比深沉和无处不在。相比较而言，欢乐是一时的或者是暂时的，而痛苦和悲伤，特别是在黑暗的年代里，才会是长久的。肖氏的前辈屠格涅夫早就说过："人生的痛苦多于欢乐，只有将一个个痛苦的花环编织一起，才可能编成了一个花环。"这是俄罗斯知识分子对人生与艺术认知由来已久的传统。这种人类共有的痛苦超越时空，是来自心灵的，而不是来自观念。好的音乐总是能够从心灵到心灵，让我们共鸣，让我们在音乐中相逢。

二

为什么肖斯塔科维奇把人们一直认为的反法西斯战歌与史诗的第七交响曲，说成是自己的"安魂曲"？这是一个非常有意思的话题。也就是说，尽管第七交响由有强烈的音响效果，但那并不是冒着敌人的炮火的反抗的勇气和士气，而是另含机锋。那么，这另含的机锋是什么?

音乐不同于文字和绘画，它诉诸的是听觉，反馈的是心灵，看不见，摸不着，其多义性和歧义性从来就存在。同样一首乐曲，不同人听有不同的反应和感受，更是普遍存在的现象。问题是，作曲家自己在音乐中倾注的感情到底是什么，是不是和我们的主观想法与传统固定的史论相违背，这是值得探讨的。如果完全是背道而驰，而且介入了非艺术、政治化的因素，则应该进行反思的是我们。因为是我们的主观意图强行嫁接在了作曲家的音乐上面，人家作曲家本意要在这棵树上结苹果的，我们非要人家结出西红柿来。

当年，小托尔斯泰曾经专门撰写文章，高度赞扬第七交响曲的战争史诗意义。小托尔斯泰是不是奉命而写，我不太清楚，但我知道为写这篇文章，他请来好几位音乐学家到他的别墅，为他讲解他并不怎么懂的音乐初级知识。小托尔斯泰的这篇文章为第七交响曲定型与定性起到了重要的作用，猜想应该和我们那个时期姚文元或梁效的文章一样一言九鼎吧。

肖氏对小托尔斯泰非常不以为然。对于那个时代的作家，肖氏有自己的好恶，他欣赏的是左琴科和阿赫玛托娃。他最讨厌的是表里不一、极尽谄媚之态的马雅可夫斯基，他斥之为"忠心耿耿伺候斯大林的走卒"，他认为马雅可夫斯基的最高道德标准是"权力"。因此，还在肖氏年轻的时候，在音乐厅的排练现场，第一次见到趾高气扬的马雅可夫斯向自己伸出两个手指，他只伸出一个手指头回敬了这位当时正在沿着拍马奉迎的阶梯顺利往上爬的"阶梯诗人"。

这个小小的细节，很能说明肖氏的性格。他不是那种拍案而起、怒发冲冠的激愤之士，他自己说："我不是好斗的人。"但他的心里有一本明细账，好恶明显，忠实于自己的内心感受与良心底线。对待音乐，则越发体现了这样的一点，甚至更突兀了这样的一点。尽管当时他也曾经为斯大林亲手抓的《攻克柏林》《难忘的1919》等多部电影配乐，并因此而多次获得过斯大林奖金。如此的名利双收，也让他颇受舆论的非议。他自己心里很清醒，他把这一类作品称为"不体面的作品"。但他又拉出契诃夫替自己辩解："契诃夫常说，除了揭发信以外，他什么都写，我和他的看法一样。我的观点很非贵族化。"

这体现了肖氏性格的双面性，在强权下，他的软弱与抗争曲折的心理谱线。晚年的肖氏对此自省，在谈到他的老师格拉祖诺夫和他自己同样具有的软弱时，他说："这是俄罗斯知识分子的通病，所有我们这些人的通病。"其实，这也可以说是世界上大多数知识分子，特别是中国知识分子的通病。同时，他格外钦佩同处于那个时代的女钢琴家尤金娜，斯大林听了她演奏莫扎特的钢琴协奏曲后，派人送给她两万卢布，她给斯大林写了一封信："谢谢你，我将日夜为你祈祷，求主原谅你在人民共和国面前犯下的大罪，主是仁慈的，他一定会原谅你。我把钱给了我所参加的教会。"

肖氏是把这些电影配乐当成自己在残酷现实生存的妥协手段，是把这些创作当成小品看待的。他宁愿牺牲它们，而保存自己最看重、最珍惜、最投入的，那便是他的交响乐。在世界范围内的音乐家，肖氏的交响乐，无论从质量还是数量都是极其厚重的。因此，对待几乎众口一词的第七交响曲几乎是盖棺定论的评价，他是非常在意的，他不满对第七交响曲的误读，无论是官方还是民间，他几乎都难以容忍。这一点充分体现了他性格中刚性的一面。按一般人的逻辑说，特别是像肖氏战前就受到《真理报》的点名批判，说他的音乐是"混乱的""形式主义的"，几乎判定了死刑。战争救赎了他，阴差阳错让第七交响曲成了他自己命运的转折。很多人会高兴不迭地顺竿往上爬呢，他自己却坚决不要这样的不实之誉。他说："第七交响曲成了我最受欢迎的作品，但是，我感到悲哀的是人们并非都理解它所表达的是什么。"

晚年，他更为明确地说："第七交响曲是战前设计的，所以，完全不能视为在希特勒进攻下的有感而发，"这样无可辩驳的话，对于认为第七交响曲是反法西斯的史诗，无疑是最有力的拨乱反正。

肖氏又说："侵犯的主题与希特勒的进攻无关。我在创作这个主题时，想到的是人类的另一些敌人。"那么。这另一些敌人指的是谁？这个主题是什么？他说，希特勒是罪犯，斯大林也是，他对那些战前田园诗的回忆很反感，他始终对那些"被折磨、被枪决或饿死的人感到痛苦"。他说："等待枪决是一个折磨我一辈子的主题。"或许，今天听肖氏这样说，觉得有些危言耸听，但看到肖氏举出的一个事例，三百多名盲歌手参加官方组织的一次民歌歌手大会，只是因为没有唱斯大林的颂歌，而唱的是旧民歌，三百多名盲歌手全部被杀。我们就会明白残酷的现实，其实更惊心动魄。

所以，肖氏直言不讳道："说第七交响曲的终曲是凯歌式的终曲，是荒唐话。"

所以，肖氏义正词严说："我的交响曲多数是墓碑。"

在具体谈到第七交响曲的音乐创作动机时，肖氏更是毫不留情地推翻了很多人听了第七交响曲之后自以为是的政治共鸣，他说："我是被大卫的《诗篇》深深打动而开始写第七交响曲。这首交响曲还表达了其他内容，但是《诗篇》是推动力。我开始写了，大卫对血有一些很精辟的议论，说上帝要为血而报仇，上帝没有忘记受害者的呼声。"这便越发明确了第七交响曲的音乐属性和政治属性与法西斯并无关联，而是对斯大林高压统治下的那个残酷年代吟唱出的愤怒的哀曲。

重新来听第七交响曲，最好是在听完第七、第八、第十四和第十五交响曲之后，再来听第七交响曲，会有多少人听出一些"安魂曲"的味道呢？此次捷杰耶夫率领马林斯基乐团来北京国家大剧院的演出，大剧院的节目单以及所有媒体的报道，延续的依旧是过去的宣传内容，而将肖氏自己真实的心情和言说，轻而易举地删去或遮蔽，将一阕融有血泪的沉重乐曲化为风花雪月和附庸风雅之中。

"安魂曲"，是安慰那些被害的人和自己的灵魂，而不是为领袖量身定做的赞美诗，哪怕是有意或曲意而制作的皇帝的新衣。肖氏曾经说过一句很有意思的话："交响乐很少是为订货而写的。"这话对于今天依然有意义，因为不仅交响乐，很多艺术作品是津津乐道地为订货而写，无论这订货渠道来自权力还是来自资本。总之，在乐此不疲。

三

在所有俄罗斯作家中，肖氏最喜欢的是契诃夫。他把契诃夫所有的小说和剧本，连同契诃夫的笔记本和书信都读了又读。他认为"契诃夫是位非常富有音乐感的作家。"作家有无"音乐感"之说，这还是我第一次听说。音乐家和作家，总是能够从彼此的身上看到自己的影子，汲取相互的营养。

肖氏晚年一直想把契诃夫的小说《黑衣僧》改编成一部歌剧。他不止一次感怀深切地说："我一定要写歌剧《黑衣僧》。可以说，这个题材摩擦着我结满老茧的灵魂。"特别是他所说的这个"结满老茧的灵魂"，可以想见《黑衣僧》对于晚年的肖氏的重要性、所产生的痛苦性，以及深刻的自省。可惜的是，肖氏临终前未能完成这部歌剧。这也成了一个肖氏之谜。

《黑衣僧》（汝龙翻译为《黑修士》，似乎不如《黑衣僧》好，黑修士可以理解为修士的肤色黑，缺少了黑衣的特指，而在小说里这位僧人来无影去无踪的幻影，黑衣飘飘无疑是平添许多气氛的），是契诃夫1873年写作的一部中篇小说。内容写一位叫柯甫陵的心理学硕士，到一位农艺学家乡间的园子里做客。在黑麦田里，忽然遇见了他曾经梦里见过的一千年前的黑衣僧。同时，他爱上了农艺学家的女儿达尼雅，并顺利地和她结婚住回城里。婚后柯甫陵却因见到黑衣僧而疯了，不久和达尼雅离婚。达尼雅返回乡间，迎接她的却是父亡园毁，气急之下给柯甫陵写了一封谴责和诅咒他的信。此时，柯甫陵正在大他两岁的女友的照顾陪伴下到南方养病的途中，住在一家旅馆里。看到并撕碎这封信后，柯甫陵倒地身亡，临死前想叫女友的名字救自己，呼喊出的却是达尼雅的名字。

可以看出，这部小说的情节并不复杂，但因为出现黑衣僧这样一个虚幻的角色，使得这部被爱情包裹的小说旨意远远超乎爱情，使得小说不完全属于写实，而增添了魔幻色彩。在谈论这部篇幅不太长的中篇小说时，契诃夫说这是一部"医学作品"，描写的是一个"患自大狂的青年人"。面对评论家蜂起的诸多评论，比如说主人公的崇高志向和现实的矛盾等等，契诃夫表示：评论家们没有看懂他的小说。

那么，肖氏看懂了契诃夫的小说了吗？他执着地想将小说改编成歌剧，要表达的是什么样的情感和思想？能够和契诃夫相契合吗？还是要借契诃夫浇自己胸中的块垒？

如今，因为没有《黑衣僧》这部歌剧的诞生，已经无法弄清楚肖氏的真实意图了。但是，我还是非常感兴趣，企图触摸到肖氏与契诃夫之间的微妙的心理轨迹，以及音乐和文学之间的交织、交融和互为营养、互为镜像的蛛丝马迹。很多音乐家都曾经做过这样的工作，比如德彪西就曾经将梅特林克的《佩里亚斯和梅丽桑德》改编为歌剧，理查德·施特劳斯曾经把塞万提斯的小说《堂吉诃德》改编为管弦乐。文学从来都是音乐最好的朋友。肖氏一生，徐了为他的学生弗莱施曼（过早战死在"二战"战场上)根据契诃夫的小说《罗特希尔德的小提琴》改编的歌剧写过配器之外，没有写过一部或一支关于契诃夫的音乐作品，成为遗憾。

做这样力不从心的工作，我想从这样两方面入手：一、是小说中黑衣僧的形象以及对柯甫陵的影响，也就是说，为什么黑衣僧导致柯甫陵最后疯掉？

小说中，黑衣僧出现了这样几次：第一次，是柯甫陵清早刚刚想起关于黑衣僧的传说，晚上便在黑麦田里遇见了黑衣僧。但仅仅照了一面，对他点点头，向他亲切而狡猾地笑笑，就脚不沾地如烟一般飞似的闪去。这一次黑衣僧的出现，带有神秘感，也带有喜悦感，就是这一次黑衣僧飘然而去之后，柯甫陵向达尼雅示爱。

第二次，还是夜间，黑衣僧出现在园林旁的一个松树后面。这一次，黑衣僧和柯甫陵有交谈，谈的是关于人的永生和真理的永恒的话题。对柯甫陵影响至深的，是黑衣僧对他说的这样的话："你的全部的生活，都带着神的、天堂的烙印，你把它们献给合理而美好的事业。"以及疯了是先知与诗人，健康是庸庸碌碌的凡夫俗子的议论。这是黑衣僧最重要的一次出现，因为这一次黑衣僧的高谈阔论，直接影响柯甫陵命运的发展，即日后的疯，以及最后的死。

第三次，婚后的一天半夜，黑衣僧坐在为思想而蒙难的柯甫陵房间的圈椅上，继续和柯甫陵交谈。这一次，中心谈论的是幸福。醒来的达尼雅，看见柯甫陵在和一个空圈椅说话，发现他病了，疯了，开始带他看病。疯时幸福，健康却是庸庸碌碌，是上一次柯甫陵与黑衣僧见面谈话的延续和深入，是小说情节与哲学理念的互文和反照。

二是肖氏特别强调的契诃夫小说中出现的关于葡萄牙作曲家勃拉加（1843—1924）的那首有名的《少女的祈祷》。肖氏自己说，他每次听到这支乐曲的时候，都会热泪盈眶。他设想："《少女的祈祷》一定也感动了契诃夫。否则他不会那样描写它，那样深邃地描写它。"

在小说中，关于这支《少女的祈祷》，契诃夫描写过两次。一次在开头，黑衣僧第一次出现在小说里之前，傍晚，一些客人来达尼雅家做客，和达尼雅唱起了这支小夜曲，其中，达尼雅唱女高音。就是在这支曲子唱完之后，柯甫陵挽着达尼雅走到阳台上，对她讲起了黑衣僧的传说。然后，这天夜里，他便在黑麦田里遇见了黑衣僧。《少女的祈祷》和黑衣僧，就这样奇妙却有机地联系在了一起。也就是说，黑衣僧有了音乐的形象。

另一次，在小说的结尾。柯甫陵看完达尼雅那封诅咒的信后，撕碎信扔到窗外，信的碎片被风又吹回，落在窗台上。他走出房间，来到阳台上，忽然听见阳台下面一层有人在唱这支他非常熟悉的《少女的祈祷》。他觉得这支歌很神秘，是天神的和声，凡人听不懂，自己却忽然感到了早已忘却的欢乐。黑衣僧这一音乐形象，具有神秘的特质，而且和世俗与理想的欢乐相关。

这样的梳理，或许可以让我们多少接近一点儿肖氏对契诃夫这部小说钟情的原因和创作走向的思路。在我看来，第一方面，即黑衣僧的形象，透视了肖氏的思想。在专权统治的现实面前，对于肖氏音乐的误读，曾经是肖氏特别大的痛苦，他曾经说借助于文字来演绎自己的音乐，也许是不得已的法子。借助于契诃夫和契诃夫的黑衣僧这个完全虚幻的影子，来勾勒面对现实与真实却不能又不敢言说的思想和情境，便是肖氏选择黑衣僧的最好的最曲折的表达。在黑衣僧的对比下，让柯甫陵疯，让柯甫陵死，便具有极其残酷的悲剧性，是延续着肖氏自第四之后的交响曲特别是晚年创作一样的脉络，呼应着一样悲天悯人的回声。同时，小说最后让达尼雅和她的父亲曾经那么美丽的园林毁掉，便和契诃夫的《樱桃园》里的樱桃园一样，具有了象征的意象。为思想而蒙难，疯；庸庸碌碌的活，健康。健康，凡夫俗子；疯了，乃至最后死了，幸福。如此充满悖论的反差与反讽，是只有经历过那种残酷的高压的政治年代，才会体味得到的。这便是经过自省之后晚年的肖氏要表达的最痛苦的内心和最深沉的音乐。

肖氏自己透露过一点这样的信息。他说："我有一部作品以契诃夫的题材为基础，就是第十五交响曲。这不是《黑衣僧》的草稿，而是一个主题的变奏曲。第十五交响曲有许多地方与《黑衣僧》有关系。"在这部第十五交响曲中，即使我们找不到一点儿黑衣僧的影子，但我们总能够听到一点儿自省和痛苦。那是属于契诃夫的，属于黑衣僧的，也是属于肖氏的。

我所说的第二方面，即《少女的祈祷》，关系着肖氏创作这部歌剧的音乐形象和旋律的基础乃至整部歌剧的走向。在谈这支乐曲的时候，契诃夫说它"有点神秘，充满优美的浪漫主义色彩"。肖氏说："我一定要在这部歌剧中用它。"他说自己边听这首歌边在脑海里清晰地映出了这部歌剧的样子。我猜想，一定是以这样的优美浪漫，映衬那几乎逼人致疯的痛苦；用这样的神秘深邃，映衬那黑衣僧的飘忽和肖氏内心的向往。

可惜，我们再无法看到这部歌剧。我们只能从肖氏的第十五交响曲隐约触摸一点儿影子，就像隐约看见消逝在黑麦田中的幻影黑衣僧一样。

黑衣僧远去。肖斯塔科维奇远去。

2013 年春节前夕写毕于北京

‖ 阿 尔 的 太 阳 ‖

　　那年在法国的普罗旺斯漫游，我执意要车拐了一个弯，到阿尔去一趟。因为阿尔曾经有过梵高。梵高很多的画，画有阿尔的人物、风景，包括阿尔的巴旦杏和向日葵，以及如今已经异常有名的兰卡散尔咖啡馆。

　　当然，更重要的是，还有阿尔的太阳。那个升起在普罗旺斯热带天空和空气中辉煌的太阳。正是由于有了这样辉煌的太阳，才有了梵高的画作。可以说，来到阿尔后，梵高画的油画中，无不迸发着这样的太阳的光芒，他的画面才充满了自文艺复兴以来画家们很少用过的那样浓重浑厚的黄色，向日葵那种耀眼的金黄，才成了梵高艺术与生命极致的象征。

记得读美国作家欧文·斯通撰写的梵高传记中，他曾经写道，在梵高的"眼中看见周围那些在白热化碧蓝带绿的天空下从浅黄到橄榄棕色、青铜和黄铜的颜色。凡是阳光照到之处，都带有一种像硫磺那样的黄色"。于是，"在他的画上是一片明亮的、燃烧的黄颜色……他的画上浸透了阳光，呈现出经过火辣辣太阳照晒而变成的黄褐色和空气掠过的样子。"这样说来，梵高笔下太阳燃烧的金黄色，确实是异常丰富的。

来到阿尔的时候，已是黄昏，西垂的太阳还是一片热辣辣的金光四射，完全不像是夕阳老人就要告别下山的样子，依然如健壮的小伙子一样活力迸发。灿烂的光芒照透每一棵树木，把树上的每一片叶子都锻造成金子一样炫目反光，连风中都有阳光的金属般爽朗的铮铮之声。心里不住在想，不愧是阿尔的太阳，是梵高画过的太阳。

当我在城里转了一圈，参观过古罗马的剧场和梵高画过的《夜间的咖啡馆》之后，驱车行走在阿尔郊外一片开阔的田野的时候，太阳还是迟迟地不肯落山，依旧是那样地炽热，灿烂得把每一缕光芒像天女散花一般散落在远处的麦田和近处的罗讷河上，把河水映得分外金黄。显然还不是麦收的季节，眼前的麦田却如同麦浪翻滚的样子。

　　我想起一百二十多年前，梵高曾经走在这片田野里的情景。我不知道，那时候的麦田是不是这样子。只知道，从巴黎来到这里的梵高，穷困得如同一个乞丐，连喝一碗汤都成为一种无法实现的奢求。而且，关键是阿尔的人们都不愿意给他当模特，而都认为他是一个疯子，甚至给阿尔的市长写信，要求管管这个疯子。梵高只有走出城来到这片田野，画风景写生，顽强而执着地实验他的笔触和色彩。

　　就是在这片田野里，梵高刚刚画完麦田，遇到了邮递员卢朗先生。

　　那是个星期天的黄昏，卢朗先生带着他的儿子在玩。梵高和他打了招呼，卢朗先生天天看见这个红头发的荷兰人背着画夹，也不戴帽子，就那么顶着毒太阳，一画一整天在田野里忙乎，人们给这个荷兰人起了个外号叫"伏热"，这个法语词翻译成中文的意思是"红头发疯子"。烈日炙烤下一天的画画，常让梵高头晕目眩，但也让他充满激情和渴望。不过，这一切的痛苦和欢欣，又有谁知道呢？

　　卢朗先生冲梵高客气地也打了个招呼，然后，指着梵高画夹上夹着的刚画完的麦田，客气地说：您的麦田画得像个活物！接着，又指着正沉沉的落日和树上被落日所染上的火焰一样的光芒说：这也像个活物，您看是不是先生？

卢朗先生这话，让梵高一愣。来到阿尔以来，还没有人对他说过这样的话，更没有夸过他的画，而且他说得有道理，讲得既简单，又深刻。他像遇到了知音。他继续和这个邮递员聊了起来。卢朗先生和他聊起了上帝，卢朗先生说：现在的上帝似乎变得越来越令人难以置信了。上帝不存在于你画的那片麦田里，一到现实的生活里，上帝就……梵高看出了卢朗先生对上帝的失望，他对卢朗先生解释道：我理解你，不过我觉得你不能以这个世界的好坏来评价上帝，这个世界只不过是幅未完成的习作。

从绘画到上帝，他们两人聊得很投机，而且聊得还很有哲理。就这么一直聊到太阳真的落下山，小星星都出来了。来到阿尔这么长时间，梵高从来没有和当地人聊这么久。他禁不住打量了一下卢朗先生，他忽然发现这个当了二十五年却从来都没有得到提升的邮递员，用每个月挣来的一百三十五法郎微薄的薪水养四个孩子的父亲，心地那样地丰富。而且长得也有特点，他长着苏格拉底式宽宽的额头。于是，他对卢朗先生说：我想为您画一幅肖像可以吗？说完，他的心里有些忐忑，因为在阿尔没有人愿意为他当模特。可是，卢朗先生却答应了，只是说：我感到荣幸，但我长得难看，干吗要画我呢？梵高高兴地说：假如真有上帝的话，我想他一定也长着和你完全一样的胡子和眼睛。

　　这一段对话，是欧文·斯通在他的梵高传记中写到的。我有些怀疑是欧文·斯通自己想象而杜撰的。因为无论梵高还是卢朗，都早已经不在人世，他怎么会知道他们两人当初的谈话内容，而且是这样地具体，绘声绘色呢？但是，梵高确实为卢朗先生画过肖像画，而且不是一幅，一共六幅。其中最著名的是画于 1888 年的《邮差卢朗先生》，蓝色的制服、黑色的勾边、金色的长胡子和金色的制服纽扣交相辉映，闪烁着明亮而温和的光。这幅现在藏于美国波士顿美术馆的油画，几乎也印制在所有梵高的画册里，成了梵高人物肖像的代表作。

　　梵高和卢朗先生成了朋友。他曾经到过他家做客，并为他的夫人也画过肖像画。即使后来卢朗先生调到马赛邮局工作去了，他们也常常来往。梵高患病住进圣雷米精神病医院的时候，卢朗先生常常来看望。梵高出院那一天，也是布朗先生来接他出的院。在梵高短短三十七年苦难多于幸福的生命中，邮递员卢朗先生是他的一抹亮色，普通人质朴的情感，是注入他生命与艺术的力量。那力量蕴含在底层人的艰辛与自尊、自重之中，就像种子在泥土里，阳光在云层里一样。

　　应该说，对于梵高来说，卢朗先生也是阿尔的太阳。

2012 年春节于北京

图书在版编目（CIP）数据

阿尔的太阳 / 肖复兴著 . — 北京：作家出版社，2015.12
（名家美文集）
ISBN 978-7-5063-8609-8

Ⅰ．①阿… Ⅱ．①肖… Ⅲ．①散文集－中国－当代 Ⅳ．①I267

中国版本图书馆 CIP 数据核字（2015）第 310599 号

阿尔的太阳

作　　者：肖复兴
策 划 人：杨晓升
责任编辑：张　平
装帧设计：薛冰焰
出版发行：作家出版社
社　　址：北京农展馆南里 10 号　　　　　邮　　编：100125
电话传真：86-10-65930756（出版发行部）
　　　　　86-10-65004079（总编室）
　　　　　86-10-65015116（邮购部）
E-mail：zuojia@zuojia.net.cn
http：//www.haozuojia.com（作家在线）
印　　刷：北京盛兰兄弟印刷装订有限公司
成品尺寸：130×185
字　　数：160 千
印　　张：10
版　　次：2016 年 8 月第 1 版
印　　次：2016 年 8 月第 1 次印刷
ISBN 978-7-5063-8609-8
定　　价：48.00 元